藏在地图里的世界名著
哈克贝利·费恩历险记

［美］马克·吐温 著　　尚青云简 编绘

北京理工大学出版社
BEIJING INSTITUTE OF TECHNOLOGY PRESS

版权专有　侵权必究

图书在版编目（CIP）数据

哈克贝利·费恩历险记 /（美）马克·吐温著；尚青云简编绘. —— 北京：北京理工大学出版社，2024.2
（藏在地图里的世界名著）
ISBN 978-7-5763-3123-3

Ⅰ.①哈... Ⅱ.①马...②尚... Ⅲ.①儿童小说 – 长篇小说 – 美国 – 近代 Ⅳ.①I712.84

中国国家版本馆CIP数据核字（2023）第212272号

哈克贝利·费恩历险记

责任编辑： 张文峰　顾学云		**文案编辑：** 张文峰　顾学云	
责任校对： 周瑞红		**责任印制：** 李志强	

出版发行　/　北京理工大学出版社有限责任公司
社　　址　/　北京市丰台区四合庄路6号
邮　　编　/　100070
电　　话　/　（010）68944451（大众售后服务热线）
　　　　　　（010）68912824（大众售后服务热线）
网　　址　/　http://www.bitpress.com.cn

版 印 次　/　2024 年 2 月第 1 版第 1 次印刷
印　　刷　/　河北盛世彩捷印刷有限公司
开　　本　/　787 mm × 1092 mm　　1/16
印　　张　/　7.5
字　　数　/　96千字
审 图 号　/　GS京（2023）1893号
定　　价　/　180.00元（套装共5册）

图书出现印装质量问题，请拨打售后服务热线，本社负责调换

阅读，让孩子看世界

美国著名诗人沃尔特·惠特曼在他的诗《有一个孩子向前走去》中这样写道：

"有一个孩子每天向前走去，

他看见最初的东西，他就倾向那东西，

于是那东西就变成了他的一部分，

在那一天，或在那一天的一部分，

或继续好几年，或好几年形成的周期……"

如果孩子看到"最初的东西"是这套世界名著呢？那么它将怎样影响孩子的一生呢？世界名著不仅能让孩子领略大文豪们的风采，还能感悟那些藏在故事中的人生哲理，让他们成为思想深刻的人。但是，如何选择一套适合孩子阅读的世界名著呢？既然是世界名著，那么就要让孩子放眼看世界，让他们从阅读中了解更多的国家和城市，拓宽眼界。《藏在地图里的世界名著》是一套用地图与名著巧妙结合的图书，以全新的视角、独特的形式让孩子"读世界名著，知世界地理"。如果你是个文学爱好者，也是个地理狂，那就让我们一起来看看这套特别的世界名著吧！

地理笔记与文中地名相对应，内容丰富、有趣，用语精练。

地图的融入为本书最大特色，地理位置清晰可见。

手绘插图，让故事情节跃然纸上。

目录 CONTENTS

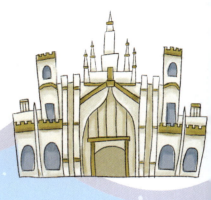

第一章　被道格拉斯太太收养 / 8

第二章　汤姆成立"强盗帮" / 10

第三章　爸爸回来了 / 14

第四章　林中岁月 / 20

第五章　逃出小屋 / 24

第六章　在岛上与杰姆相遇 / 28

第七章　杰姆被蛇咬了 / 32

第八章　遇到沉船和杀人犯 / 36

第九章　与杰姆的辩论 / 40

第十章　错过了开罗 / 44

第十一章　认识格伦基福特一家 / 46

第十二章　两大家族的悲惨决斗 / 50

第十三章 遇到"国王"和"公爵" / 56	**第二十章** 骗子被拆穿了 / 90
第十四章 无耻"国王"的布道 / 60	**第二十一章** 杰姆不见了 / 94
第十五章 不该发生的悲剧 / 66	**第二十二章** 意外成为"汤姆" / 98
第十六章 "国王"和"公爵"的演出 / 70	**第二十三章** 又一个汤姆出现了 / 100
第十七章 信口雌黄的骗局 / 74	**第二十四章** 复杂又冒险的营救计划 / 104
第十八章 一场伟大的盗窃 / 80	**第二十五章** 最终的大营救 / 112
第十九章 说出真相 / 86	**第二十六章** 杰姆获得了自由 / 116

《藏在地图里的世界名著——哈克贝利·费恩历险记》

穿越时空

小读者： 请问马克·吐温是您的真名吗？

马克·吐温： 这个问题真不错，我原名萨缪尔·兰亨·克莱门，是美国作家和演说家，马克·吐温是我的笔名。

小读者： 那您的这个笔名是怎么来的？

马克·吐温： 哦，那是因为我曾经当过领航员，工作时和同事一起测量水深，他常大声说"Mark Twain！"，其实这是"两个标记"的意思，也就是水深两浔（大约3.7米），这是轮船能安全航行的必要条件。还有一个原因，就是我曾经的一位船长，他热爱写作，笔名就是"马克·吐温"。因为他发表了一篇文章，而我却拿他开玩笑，模仿他的写作风格写了一篇尖刻讽刺的小品，并署名"马克·吐温"。没想到此事却伤害到了老船长，他便从此不再写作了。后来我得知老船长辞世的消息，为了弥补当年的过失，我于是继承了"马克·吐温"这个笔名。

小读者： 看来您做过许多工作？

马克·吐温： 没办法，我11岁时父亲就去世了，所以只能辍学去工厂打工，我去印刷厂当过学徒，当过送报员和排字工，后来又当过水手和舵手等。

小读者： 您的成长经历真是坎坷呀！

马克·吐温： 是的，1835年11月30日，我出生在美国密苏里州佛罗里达，父亲只是个乡村律师，我们家有七个孩子，我排行第六。父亲收入微薄，所以我们生活得很贫困。

小读者： 那您从什么时候开始创作的呢？

马克·吐温： 1851年我成为一名排字工人，从那时起我开始投稿。1852年我在幽默周刊《手提包》上发表了我的处女作——《拓殖者大吃一惊的花花公子》。

小读者： 后来呢？您继续讲讲，我们很好奇呀！

马克·吐温： 好吧，1862年我在内华达弗吉尼亚城一家报馆工作，1863年我便开始使用马克·吐温这个笔名，后来我在纽约发表了幽默故事《卡拉韦拉斯县驰名的跳蛙》，1872年我又出版了《艰苦岁月》一书，《镀金时代》是我与他人合写的一部长篇小说。著名的长篇小说《汤姆·索亚历险记》是我于1876年出版的，另一部重要的小说《哈克贝利·费恩历险记》也是在这一年开始撰写，直到1884年才出版。之后的许多年里我陆续写作了很多作品，成为美国第一大文豪。

文艺界的科技达人

　　我给大家的印象应该就是一个爱写作的人吧，当然我也成为了文艺界的领军人物。可是我还有另外一个爱好，那就是科技发明，其实我很早就沉迷于发明这件事了，结婚后我的一项重大发明问世，就是可以调节服装松紧的搭扣，扣上和解开都很方便，后来这个发明被专门用在女性的内衣上，哈哈哈，我是不是个天才。

　　我有一个习惯，就是喜欢收集图片和报纸文章，可是我讨厌不停地抹胶水，于是我的另一个发明诞生了——自带黏性的剪贴簿，就是在书页上提前做了工艺，让它全部沾满胶水或者其他黏性的物质，然后需要粘贴的时候把页面湿润一下就能使用了，这个发明投入市场后，还让我赚了5万美元。不过也由于我热爱发明，最后经不住诱惑，投资了一款自动排版机的研发，结果就是大家知道的事了，我投资不但失败了，还欠了债。唉，说起这事全是泪呀！

第一章
被道格拉斯太太收养

我叫哈克贝利·费恩，住在 密西西比河 的圣彼得堡镇，你们可以叫我哈克。我是镇上公认的野孩子，因为我爸爸是个酒鬼，从来不会照顾我，还经常打我，所以我居无定所，常常躲在一个原来装糖的大木桶里过夜。我和我的好朋友汤姆·索亚一样，喜欢冒险，喜欢自由自在的生活。我们在一个山洞里发现了坏人埋藏的宝藏，每人得了六千金币。从此，我也算是"有钱人"了。我把我的金币都存放在撒切尔法官那里，每天可以从他那儿拿一块钱的利息，以后我会有花不完的钱了。

因为我救了道格拉斯太太，好心的太太就收养了我，并决心教我各种文明规矩，想努力把我打造成一个"好"孩子。可是，一天到晚让我憋在房间里学各种文明举止，我可受不了，这也太呆板丧气了。于是某一天，我趁道格拉斯太太不注意，便溜之大吉啦。我穿回我的破衣烂衫，重新钻进大木桶里，还是大木桶里更自在啊。

可是汤姆找到了我，说他想成立一个强盗帮，但我只有回到道格拉斯太太家，做个体面人，才能加入帮派。于是，我就回去了。道格拉斯太太见了我，大哭了一场，说我是迷途的羔羊。她又给我穿上漂亮衣服，学那老一套的规矩。比如打铃开饭必须按时到，到了不能马上吃，还得等道格拉斯太太叽里咕噜地挑剔完才能吃。每道菜都是精心做的，但我觉得没什么胃口。

道格拉斯太太的妹妹华珍小姐，是位戴着眼镜的老小姐。她搬来和道格拉斯太太同住，负责教我学拼音。这简直是故意难为我，我硬着头皮啃了一

> **我的地理笔记**
>
> 密西西比河
>
> 位于北美洲中南部，北美第一大河，世界第四长河；
>
> 流域面积很广，流经美国明尼苏达州、伊利诺伊州、密苏里州等10个州；
>
> 美国南北航运的大动脉，总通航里程近3万千米，长度可以绕地球大半圈。

个多小时,简直要被煎熬死了。华珍小姐见我浮躁,就一个劲儿地叫我不要把脚放在上面,不要弄出响声,不要打哈欠、伸懒腰,要坐端正……

华珍小姐不停地找我岔子,我疲于应付,感觉又累又孤单。好不容易我才上楼回了房间,点上一根蜡烛,尽量想些有趣的事情,可还是觉得孤单和寂寞。外面夜空里的星星一闪一闪,树林里叶子沙沙作响。远处,一匹狼发出撕心裂肺的嚎叫,好像在为它同伴的死去哀鸣,风中还传来猫头鹰和狗的叫声。我甚至听到林子里有鬼魂发出声响。我真是惊恐极了,失魂落魄,想着用什么来消灾挡难才好。

屋子里像死一样寂静。又过了一会儿,远处镇上传来教堂的钟声。接着,又是一片寂静。我静静坐着,先是听到一根树枝折断的声音,然后是几声"咪呜、咪呜"的声音,我立刻跳出窗子,进了草丛,果然是汤姆来了。

密西西比河

|哈克贝利·费恩历险记|

第二章

汤姆成立"强盗帮"

我和汤姆会合后,两人沿着树丛中的小路往回走,路过厨房的时候,看到华珍小姐的大个子黑奴杰姆正坐在那里。不巧,我被树枝绊了一跤,发出了响声,杰姆立即站起身来,喊道:"谁呀?"他仔细听了一阵儿,踮起脚尖朝我们走过来,就停在我俩身旁。只是因为天黑,才没看到我们。

我和汤姆连大气都不敢出,我更是感觉浑身上下都痒起来,真是百痒难耐。但我还是强力忍着没动,就这样过了几分钟,杰姆还没有要走的意思,他索性背靠一棵树坐在地上,说要再听到响声揪出人来才肯罢休。他的一条腿几乎要碰到了我的腿,我感觉鼻子也痒起来,眼泪也流下来了。幸亏又过了几分钟,杰姆发出了鼾声,他睡着了。我俩终于可以放松了,手脚并用爬出树丛。汤姆提议去厨房拿了几根蜡烛备用,回来后他又想去捉弄一下杰姆,他把杰姆的帽子轻轻摘下来,挂在了他头顶的树枝上。

而杰姆呢?睡得很香,几乎没有察觉。等他醒来,发现帽子跑到了树枝上,非常惊奇。之后,他逢人就说妖巫对他施了魔法,让他神志昏迷,然后骑着他周游了本州各地。后来,他又说妖巫骑着他去了 `新奥尔良`。再后来,他干脆说妖巫骑着他走遍了世界,把他累得半死,背上都磨起了泡。经过这一事件,杰姆高兴得忘乎所以,在所有黑奴中提高了地位,成为受大家欢迎的人。他还把一

这里还挺浪漫

我的地理笔记

新奥尔良

美国路易斯安那州南部的城市,也是美国第二大港口城市;

位于密西西比河下游的入海处,濒临墨西哥湾;

城市沿着大河的流向而建,可以说是座水中之城,别号"新月城";

这里还是爵士乐的故乡。

枚五角钱穿上绳子，挂在脖子上，吹牛说是妖巫给他的法宝。以致好多黑奴都来给他送礼物，只求见识一下他的硬币。

话说那天晚上，我和汤姆离开园子，爬上了屋后面的小山坡，下了山坡，和乔·哈贝、朋·罗杰斯，还有另外两三个孩子碰了面。我们一起划着一条小舟，来到一处小山旁上了岸，商量成立强盗帮的大事。

汤姆首先让大家宣誓保密，然后带领我们进了一个山洞。之后，他点上蜡烛，写了一篇誓词。誓词里要求每个人都要忠于本帮，决不能泄露秘密给别人，凡是泄密的人，就要把他和他的家人杀死。大家都说这是一篇真正的誓词，问汤姆是怎么想出来的，汤姆说大部分是从强盗书上看到的。

在谈到处置泄密家属的问题上，朋·罗杰斯说："哈克没有家属，那怎么办？"没错，我虽然有个父亲，但他整天喝得醉醺醺的，已经一年不见人影了。于是，又有人提议将我排除在外。我急得快要哭了，最后把华珍小姐推出来做我的家属。这样，大家才接纳了我。我们每个人都用针头刺破了手指，然后在纸上写了血书。

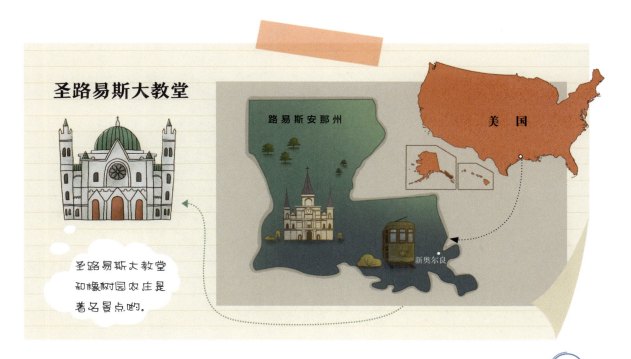

圣路易斯大教堂

圣路易斯大教堂和橡树园农庄是著名景点哟。

路易斯安那州

美 国

新奥尔良

"我们这个帮派干什么行当呢?"朋·罗杰斯问。

"除了抢劫和杀人,其他一律不干。"汤姆说。

"抢劫?那是抢房子还是牲口?"一个孩子问。

"偷牲口那算什么强盗?"汤姆反驳说,"我们要做拦路抢劫的好汉,专抢那些私家马车,杀人,抢他们的财物。还可以绑了人押到山洞,索要赎金。"

大家又对怎么要赎金讨论了一阵子,而小汤米困得睡着了。他醒来后害怕得哭起来,说要找妈妈,再也不当强盗了。直到汤姆给了他五角钱,他才安静下来。之后,大家推举汤姆做了首领,然后才打道回府。

在接下来的一个月里,我们玩着充当强盗的游戏。但实际上没抢劫过任何人,更没有杀过人,不过都是装装样子罢了。我们顶多从树林里突然冲出来,去吓唬那些赶猪的人和运蔬菜

> **我的地理笔记**
>
> **西班牙**
>
> 欧洲西南部的国家,地处欧洲与非洲的交界处;
>
> 它西边的邻居是葡萄牙,东北部的邻居是法国和安道尔;
>
> 全国地势以高原为主,北面有著名的比利牛斯山脉;
>
> 15-16世纪时,是大名鼎鼎的"日不落帝国";
>
> 曾经航海很发达,哥伦布、麦哲伦等航海家都曾得到西班牙王室的支持;
>
> 这里还是重要的文化发源地,有著名的洞穴岩画,记录了原始人的生活。

的妇女。汤姆把猪叫作"金条",把萝卜叫作"珍宝",然后吹嘘我们抢了多少财宝,杀了多少人。不过,我不觉得这一套有什么好处。

有一次,汤姆说他得到情报,明天会有一大队西班牙商人和阿拉伯富翁来这附近露营,他们会带着两百头大象和六百匹骆驼,满载着珠宝而来。他让我们搞一个伏击,把那些人杀掉,把财宝抢过来。于是,我们擦亮了刀枪,做好了准备。其实,刀枪不过是薄木片和扫帚把罢了。第二天,我们埋伏好了,但等我们冲下山时,根本没有什么西班牙人或阿拉伯人,只有一群一年级的学生参加主日学校的野餐。我们把他们冲散了,抢了一些炸面包和果子酱。

我问汤姆:"那些大象和阿拉伯人到底在哪儿呢?我怎么看不见?"他说,只要我不笨,读过一本叫《堂吉诃德》的书,就不会这么问了。

之后,汤姆还提到了魔法师和精灵,还有擦灯、擦铁环的人。他说只要得到那种神灯或神铁环,擦一擦,就能实现自己的愿望。比如用珍珠宝贝建一座皇宫,或者娶上一位中国公主,还能让宫殿飞来飞去。

听了汤姆的话,我想了好久,决定试一试。于是,我想办法弄来一盏白铁灯和一只铁环,可是我擦啊擦,擦得满身是汗,也没见有什么精灵出现,更不可能指望造出一座宫殿来。于是,我断定这是汤姆在胡扯罢了。做"强盗"越来越没什么意思,大家都陆续退出了。

第三章

爸爸回来了

日子过得很快，转眼三个月过去，冬天来了。在这段时间里，我大多是会乖乖去学校的。一开始，我很讨厌学校，但现在也能将就了。如果我实在厌倦，我就逃学，哪怕第二天会挨揍。道格拉斯太太教我的那一套，我也慢慢习惯了，她也觉得我没那么急躁了。

总之，我已经慢慢适应了这里。一天早上，我打翻了盐罐，便预感自己将有灾祸临头。早饭过后，我走过屋前的园子，爬过高高的木栅栏，看到地面的积雪上有人留下了脚印。我顺着脚印走过去，打算一探究竟。当我看到有个鞋印上有用大钉钉成的十字印时，吓得直起身子，一溜烟跑下山去。

我左张右望，见没什么人才冲进撒切尔法官家。法官见我风风火火的样子，问道："怎么了，孩子？这么上气不接下气的，是来取你的利息吗？"我摇头说不是。他又说："你现在已经有一百五十来块的利息了，这不是个小数目，我建议你连同那六千块一起存起来。如果你取走的话，就会花掉了。"

我说："不，先生。我没想花掉它们。这笔钱我不要，连同那六千块我也不要了，都给你。"法官显然吃了一惊，摸不着头脑："你这是怎么了？"

"请你收下吧，别问我为什么，我不想撒谎。你会收下吧？"

法官考虑了一会儿，点点头说："哦，我明白了。你是要把你的全部财产都卖给我是吧？"

于是，他写了张字据，将我那些钱都假装归到他的名下，然后给了我一块钱作为报酬，我签了字就离开了。

第三章·爸爸回来了

黑奴杰姆有个拳头大的毛球,那是从牛的第四个胃里取出来的。他经常用这个毛球施展法术,说里面藏着个精灵,这精灵无所不知,无所不晓。这天晚上,我去找杰姆,告诉他我爸爸出现了,因为我在雪地里发现了他的脚印,我想知道他这次回来究竟想干什么。于是,杰姆取出毛球,口中念念有词,将毛球抛出去两次,又凑近它,仔细聆听。一开始,他说毛球什么也没说,需要给钱才行。可是我只有一枚假币。杰姆说把一个 爱尔兰 土豆切开,将假币夹在里面一晚上,就能让它变得跟真币一样。这个方法或许可行吧。后来,杰姆把那枚假币放在毛球下面,似乎得到了毛球的回应。杰姆说毛球告诉他,我爸爸还不知道自己要干什么,我最好的办法就是随他去。

当晚,我回到自己房间,点燃蜡烛,赫然看到我爸爸正在那里等我。

我的地理笔记

爱尔兰

欧洲西部国家,西临大西洋,东靠爱尔兰海,与英国隔海相望;

它也是北美洲通向欧洲的通道;

这里自然环境非常好,绿树成荫,河流纵横,有"翡翠岛国"的美称;

全年气候温和,是典型的温带海洋性气候;

大部分土地被草场和牧场覆盖,是名副其实的"欧洲庄园";

爱尔兰人喜好音乐,竖琴是他们的传统乐器。

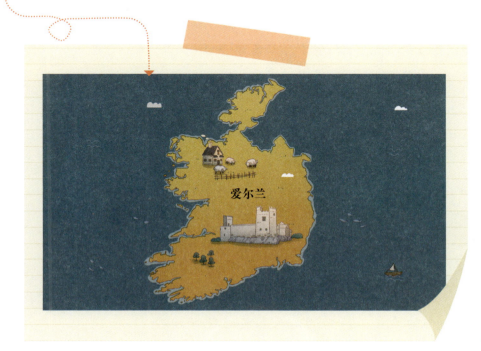

爱尔兰

我们来演奏一曲吧。

我吓了一跳，连大气都不敢出。往常他总是狠狠地打我，所以我害怕他。但过了一会儿，我就不那么怕了。他看上去有些老了，五十多岁了，头发乱糟糟油腻腻地披着，胡子也是又长又乱，脸色一片惨白，衣服破破烂烂，一只靴子张开了口，露出两个脚趾。

我就站在那里看着他，而他也坐在椅子上瞧着我。我看窗户开着，猜他定是从那里爬进来的。他一直盯着我，后来终于开了口："衣服穿得挺挺的，你以为自己是个大人物了，是吧？"

"也许是，也许不是。"我说。

"哼，少跟我顶嘴。自从我走后，你倒是神气了，我非要杀一杀你的威风不可。听人说，你还上了学，现在能读能写。怎么，你以为比老子强了，是吧？看我不揍你，谁让你干这种蠢事？"

我回答是道格拉斯太太让我这么做的。他更生气了："那个寡妇？谁告诉她可以插手与她不相干的事的？让我来教训教她，乱管闲事会有什么下场？你，以后不准上学了，听到没有？一个小孩子装得比老子还神气，我可容不下这一套。"

不过，他又说："来，让我听听你是怎么读书的？"

我只好拿出一本书来，从 **华盛顿将军** 和独立战争那里读起。可是，我读了还不到半分钟，他就把书抢过去，摔在屋子的另一头，说："这么看来，你还真行。不过现在你给我听好，不许你再这么装腔作势。你这个自作聪明的家伙，我会守着你的，要是让我在学校附近逮到你，有你受的。"

他又拿起一张小小的画片，得知那是人家奖励我好好学

我的名人笔记

华盛顿将军

美国第一任总统，也被称为美国国父；

在美国独立战争期间，他带领美国军队与英国开战，最终赢得美国的独立；

后来，他又主持制定了美国宪法，创立了共和政体；

1789年，他成为美国首任总统，为美国的发展奠定了基础；

至今，他和林肯都被认为是美国历史上最伟大的总统。

习的，就一把给撕了，并警告我要让我尝尝皮鞭子的滋味。他气呼呼地唠叨一阵儿，又说："你可真够得上一个香喷喷的花花公子了，有床有被褥，地上还铺着地毯，可你老子我还只能在旧皮革厂和猪睡在一起。听人说，你发财了，这是怎么回事？"

"那是别人瞎说的，没有这回事。"

"我回镇上两天了，我可听很多人说过了，都说你发财了。你可别骗我，我就是为了这个才回来的。"然后，他干脆地说，"明天你把钱给我，我要这笔钱。"

"我可没什么钱。"我否认。我一看到父亲的脚印，就料到他是来要钱的，所以才将那笔钱名义上给了撒切尔法官。

"撒谎，那钱就由撒切尔法官收着，在你名下。我要这笔钱。"爸爸吼道。

"你不信就去问撒切尔法官吧，他也会这么告诉你的。"

最后，他从我口袋里要走了那一块钱，扬言要自己去找法官算账，然后才肯离去。他说他要去买威士忌，一整天都没喝到酒了。他爬出窗子，上了棚屋，又探回头来，警告我不许再上学，不然他会狠狠打我一顿。

第二天，他喝醉了，跑到撒切尔法官家里大闹一通。他一味胡搅蛮缠，想方设法要人家把钱交出来。法官不听他的，他就赌咒发誓要告法官，逼他交出那笔钱。被他这样闹了一场，撒切尔法官和道格拉斯太太先将爸爸告上了法庭，要求判决我和他脱离关系，然后由他们中的一个充当我的监护人。但新上任的法官并不了解我爸爸的情况，他说法院不能强制拆散家庭，也不主张孩子离开父亲。撒切尔法官和道格拉斯太太只好作罢。

这样一来，我爸爸倒高兴得得意忘形。他说我要是不给他钱，就会狠狠地打我。我只好又从撒切尔法官那儿借了三块钱给他。他得了钱，马上就去买酒喝，喝得酩酊大醉后又到处耍酒疯，还敲着一只白铁锅，闹得全镇人深夜都不能入睡。警察局只好将他关了起来，并判他关押一星期，可是他呢，却很得意，认为自己是能管住儿子的老子。

新上任的法官说要帮助我爸爸洗心革面，将他改造成一个新人。他将他带回自己家里，给他换上干净的衣服，还让他和自己家人一起吃一天三餐，全家人都诚心诚意地对他。吃过晚饭后，法官就给他讲各种戒酒的道理，讲得我爸爸羞愧难当。他表示要重新做人，做一个真正的人。讲到动情处，法官全家人都被感动得哭了。我爸爸还在一张保证书上签字画押，保证自己以后不再走回头路。

之后，法官准备了一间漂亮的客房，让他住在那里。可是有一次，我爸爸又酒瘾发作，爬到门廊顶上，抱着一根柱子滑了下来。他把法官送给他的新衣服去换了一壶酒，再次喝得大醉。醉了后又爬门廊，从上面跌下来，摔断了胳膊。早上人们发现他时，他快要被冻死了。而那间客房，也被他弄得一片狼藉，连落脚的地方都没有。

法官见了，心里很难受，他的改造工作也宣告失败。

第四章

林中岁月

没过多久,我爸爸的伤就好了。他又把撒切尔法官告上法庭,要他把钱交出来。而且他还几次阻止我上学,在学校门口抓住我,还打了我。不过,他越是阻止,我越是要去上学,就是为了要气气他。虽然他告了法官,但开庭的日子似乎遥遥无期。在这期间,为了不挨鞭子,我不得不一次次向法官借钱。爸爸拿了钱后,就去买酒喝,喝得烂醉便在镇上胡闹,闹得全镇都不得安宁。

他整天都在道格拉斯太太家门口转悠,道格拉斯太太警告他,再去她家骚扰就对他不客气。这下可把我爸爸惹毛了,他扬言要让人知道谁才是我的主子。

春天的一天,他趁人不注意,终于抓住了我,把我弄到一只小艇上,带到了大河上游,然后过河到了伊利诺伊州的岸边。那里树林十分茂密,没有人烟,只在密林深处有一间旧木棚,我们就在棚子里住下来。

爸爸整天看着我,不准我逃跑。他有一支枪,我猜是偷来的。平时我们一起钓鱼、打猎。钓了鱼或打了猎物,他就拿去换酒喝,每次出门前都把我锁在木棚里,他自己喝个烂醉回来,然后经常打我一顿。后来,道格拉斯太太得知了我的下落,派一个男人来想把我找回去,但被爸爸拿着枪赶走了。渐渐地,我也习惯林里的生活了,除了挨打,我倒是挺喜欢这里的,起码比上学有趣多了。

不知不觉,我在林子里过了三个多月,每天都懒洋洋的,无忧无虑。平心而论,我是不喜欢回到道格拉斯太太家那种规规矩矩的生活的,还是在林子里更自由自在。可是,最近爸爸对我下手越来越重,我身上伤痕累累,快要受不住了。而且,他出去得越来越勤,每次都把我锁在屋里,一锁就是两三天。

我太孤单了,甚至想,如果他淹死了,那我就永远出不去了。这个念头把我自己也吓坏了,我决心逃出去,可尝试了很多次,都没能成功。木棚有一扇窗,只能容一只狗进出;烟囱又太细,我根本爬不进去。而橡木做的门又太厚太结实了,轻易砸不坏。而且爸爸每次出去都很小心谨慎,屋子里连个小刀都不留,我几乎没有可以逃走的工具。不过,在我把木棚翻了几百遍之后,终于找到一把生了锈的锯子。我用这把锯子去锯

我的地理笔记

伊利诺伊州

美国中西部的州,西临密西西比河,隔岸便是密苏里州;

它的名字来源于印第安人伊利诺伊部落;面积达14.6万平方千米;

这里地势平坦,有肥沃的黑土地,又称"草原之州";

芝加哥是伊利诺伊州最大的城市,也是全美的交通枢纽哟。

伊利诺伊州

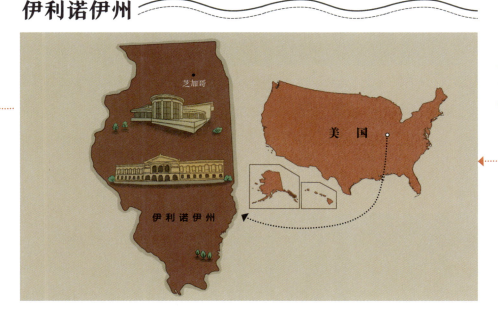

| 哈克贝利·费恩历险记 |

床下的一段大木头，以方便我能爬进爬出。正在我干得起劲的时候，我听见林子里传来了枪声。我赶紧扫净木屑，清理了现场，又把锯子藏起来。

不一会儿，爸爸就回来了。他看上去气色不太好，说他告撒切尔法官的事儿一拖再拖，开不了庭；还说另外有个案子叫他和我脱离父子关系，由道格拉斯太太做我的监护人。他不高兴，就开始骂人，说倒要看看道格拉斯太太怎样把我弄到她手里，他要把我藏起来，让谁也找不到。接着，他让我到小艇上把东西搬回屋里，那里有一袋玉米粉，一大块腌猪肉，一些火药和威士忌，还有一本书和一些粗麻绳。我搬这些东西的时候，

哇！这么多博物馆，我真想去看看。

我的地理笔记

俄亥俄州

位于美国中东部，在俄亥俄河和伊利湖之间，也因俄亥俄河而得名；

这里一年四季温差较大，属于温带大陆性气候；

玉米、燕麦和干草产量居美国前列；

这里还有300多座博物馆，100多所高校，被称为"院校之乡"。

七叶树是这里的州树，所以该州又称"七叶树州"。

想着今晚爸爸一定会喝醉，这是我逃走的好机会。于是我又坐在那儿想了一遍我的逃跑计划，以致耽误了很长时间，又被他骂了一顿。

不出所料，我做晚饭的时候，爸爸又开始大口喝酒，喝醉了又开始骂政府："这叫个什么政府，竟然有这样的法律，硬生生要抢走人家的亲生儿子，硬是从人家手里抢走六千块钱。这叫个什么政府，还准许黑人参加选举。真是烂透了，让黑人参加选举，那我从此也不投什么票了……"他说的是从 俄亥俄州 过来了一个自由的体面的黑人，那黑人不仅是个大学教授，还有选举权。他对此非常不满，觉得黑人就应该被拍卖，不配有选举权。

他就这样喋喋不休、滔滔不绝地骂着，一不小心被放腌猪肉的木桶绊倒，疼痛让他失去理智，再次咒骂起来。晚饭后，他继续喝酒，耍酒疯。我猜想再过一个小时，他就会不省人事。我就能偷出钥匙，或者把木头锯断，悄悄溜走。可是这次，我运气不好，爸爸醉后睡得并不安生，不停地呻吟，翻来滚去。我不敢动，终于也困得睡着了。

半夜，我被一声怪叫吓醒。只见爸爸神色慌张地在屋子里跑来跳去，说有蛇咬了他，又说自己被魔鬼抓住了，眼神狂乱吓人。他躲在毯子里哭泣，再后来又拿着一把刀一圈圈地追我，威胁要杀了我。幸亏我身体灵活才躲过一劫。等他折腾够睡着了，我去拿了那把枪，放在萝卜桶上，静等黎明的到来。

第五章

逃出小屋

第二天早上,太阳升得老高的时候,我被爸爸叫醒。他见我拿着枪,非常不高兴地说:"你摆弄那支枪做什么?"

我想他肯定不知道昨晚发生的一切,便说:"我怕有人来,在这儿埋伏好了。"爸爸虽然有点疑惑,但也没有深究,随后叫我一起去钓鱼,好做早饭。

他打开上锁的木门,我走出去,来到河边,看到有些树枝一类的东西往下游漂去,我知道大河开始涨水了。我想,这正是好时候,往年涨水都会漂来一些大木料或零散的木筏子,把它们拦住就可以卖给木行或锯木厂。

我一边往河岸跑去,一边留意爸爸的动静,并留心河里能漂来什么。哇,我看到一条漂亮的独木小舟,有十四五英尺[①]那么长。我纵身一跃,向小舟游去,猜想船身里可能有人,但没料到靠近后发现这竟是只无主小

注:① 1 英尺 =0.3048 米

舟。我把小舟划到岸边，心想爸爸若看到它，一定高兴坏了。不过，我没打算让他知道。我把它划到小溪沟里，用藤萝和柳条藏好，这样我出逃的时候就不用钻树林，而可以划着小舟逃往远方了。

藏好小舟后，我才走出来，看到爸爸正用枪瞄准一只小鸟，这说明他什么也没看见。他只是责怪我动作太慢了。后来，我们在河里捞了六条大鲶鱼，才回到家里。

吃过早饭，我便开始琢磨我的出逃计划。道格拉斯太太那里，我也是不想回去的。我必须得想个法子，摆脱她和爸爸，在他们没有发现之前远走高飞。

中午的时候，我们又出门来到河边。河流很急，从上游漂来不少木头，我们收集了8根圆木。爸爸非常满足，决定马上把这些木头弄到镇上去卖掉。他又把我锁在屋里，自己驾着小船带着木头走了。我料定他今晚不会回来了，在他离开之后，就抓紧时间锯床下那根木头，当我从小木棚里爬出来时，我还能看到爸爸的小船刚划到河对岸。

我把那袋玉米粉拿到我的独木小舟上，将它划出来，然后把腌肉、糖、咖啡、威士忌以及火药、水瓢、平底锅、火柴、毯子等都搬到小舟上。总之，棚子里能拿的东西我都拿了，我洗劫了那里。之后，我撒了一些尘土和锯屑，掩盖掉我搬运东西的痕迹。又把那截木头塞回原处，如果不仔细看，谁也发现不了这截木头被锯过。

我又提着枪来到河边，想打几只鸟，却意外打死一头不知从谁家跑出来的猪。我用斧头将门砍开，然后在屋里洒了大量的猪血，再用一个破袋子装上石头，从有猪血的地方一直拖，拖到棚外，再拖进河里，扔入水中。之后，我又拔了自己的几根头发，粘在带血的斧头上，把自己的外衣也沾满血，扔进河里，伪装出自己被杀的假象。我又把那袋玉米粉背回来，故意扎个洞，背着往树林走，玉米粉便洒了一路。我来到一个浅湖边，湖里长满了芦苇，到了季节，这里还会有野鸭呢。我又走了一阵儿，才绑好了玉米袋子，又把爸爸的磨刀石扔在地上，让人误以为是无意间掉在那儿的。这样，从我制造的假象上看，人们一定会以为有强盗来杀了我，并带走了玉米粉等财物。做足这些表面功夫，我才放心地回到我的小舟上。

这时，天快黑了，河岸上的几株柳树掩映着小舟，我就坐在那儿等月亮升起。我吃了点东西，又在心里盘算着别人看到我失踪后，一定会根据石块追到岸边，然后在河里找我。又会跟踪玉米粉去追踪"杀"我的强盗。找上几天，找不到就会厌烦了，也就不会为我烦心了。那我该去哪儿呢？杰克逊岛，这可是个好去处，这座岛我也熟悉。

我想着想着，不知不觉睡着了。等我醒来的时候，竟一时不知道身在何处。明晃晃的月光照在河面上，河面仿佛比平时宽了好多好多，四周一片漆黑和寂静。我知道时间不早了，正准备解开小舟的绳子离开，就听到船桨划水的声音，河对面过来一艘平底船，等那船近了，见船上的人正是我爸爸。我毫不迟疑地悄悄划着小舟向下游而去，又朝河中央划了一段距离。快到渡口时，我躺进小舟里，以免有人看到我，任凭小舟向下游漂去。

在月光下躺着看天，才发现天原来这么幽深。等过了渡口，我直起身子，杰克逊岛就在眼前了。它耸立在大河中央，树木茂密，黑森森地像一艘没有灯火的大轮船。我很快就划着小舟过去，然后在面对着伊利诺伊州的一面靠了岸，又将小舟划到一个深湾里，借

柳树丛将它掩藏起来。

　　这时，天快要亮了，我钻进林子里，躺下来，准备在吃早饭之前先睡一会儿。

第六章

在岛上与杰姆相遇

等我醒来时,已经日上三竿了。我猜想,大概过八点钟了吧。我躺在树荫下的草地上,感觉浑身舒适,已经完全休息好了。透过树荫的缝隙,我能看到阳光。有些地方,阳光穿过树叶,在地上呈现斑斑点点的亮色,每当有微风吹过,这些亮色也摇曳起来。而枝头上有几只松鼠,冲我吱吱地叫着,态度十分友好。

我的地理笔记

密苏里州

位于美国的中西部,密西西比河和密苏里河分别流经它的东西两境;

它是个内陆州,周围有爱荷华州、堪萨斯州、伊利诺伊州等;

它是美国从法国购买的土地中划分出来的州;

它的名字来自当地原住民苏族的语言,意思是"独木舟";

这里同样高校林立,其中密苏里大学是密西西比河以西最古老的州立大学。

美国

密苏里州

这里还是作家马克·吐温的故乡,马克·吐温国家森林也是当地著名旅游区。

第六章 · 在岛上与杰姆相遇

我依旧懒洋洋地躺在那里,不想起来做饭。突然,远处的河面上传来"轰"的一声,我连忙爬起来,透过树叶的缝隙往外张望。只见远处的大河上升起一团黑烟,大概在渡口附近,渡船上则挤满了人,正往下游而来。我马上就明白了,这是人们认为我被沉在了河底,在河上放炮,期望能借此让我的尸体浮到水面上来。

望着白烟滚滚,听着炮声隆隆,想着人们为了找我而忙碌着,这的确也是一种乐趣。我猜想,人们为了找我,可能会将灌了水银的面包圈扔到河里,用来找我的尸体(这是当地人惯用的一种方法)。于是,我悄悄靠近岸边,果不其然,捞到了一只大面包。我倒出里面的水银,爬到树荫深处的一根木头上,一边啃面包,一边瞧着河面上的热闹,好不开怀。

等找我的渡船靠近的时候,我看清了上面的人,有爸爸、撒切尔法官、汤姆和他的葆莉阿姨,还有贝茜、乔等平时玩的伙伴。大家嘴里讨论着暗杀的事,船长说:"注意了,这里的水流离岸最近,说不定他被冲上了岸,被矮树丛给绊住了。"

大家听了这话,都齐刷刷地往岸上察看,看得非常仔细。幸亏我被树丛挡住了,他们才没看见我。没过一会儿,船长大叫:"让开。"然后,"轰"的一声,就在我身旁放了一炮。我的耳朵差点被震聋了,眼睛也被炮灰几乎弄瞎。还好他们没有放几颗炮弹,不然我可就真成尸体了。谢天谢地,我没受伤。渡船继续往前面漂去,我又陆续听到几声炮响,他们一直找到小岛的岛尾,又从岛尾转回来,沿着密苏里州一侧的水道找,最后当然还是一无所获,只好回到镇上,各自归家了。

到了这时,我知道我安全了,不会再有人找我了。我把独木小舟上的东西都拿出来,并在密林深处搭了个帐篷。之后,我钓了一条大鲶鱼,并点了篝火,吃了晚餐。天黑的时候,我坐在河岸边,倾听流水冲刷河岸的声音,数天上的星星,数从上游漂下来的木头。真是无比惬意,除了有点寂寞。

就这样过了三天三夜。我走遍了全岛,感觉自己是一岛之主啦。我找到好多杨梅,还有野葡萄和青的草莓。这些野果子不久就会熟透,到时候我可以随意摘来吃。我在岛上转悠的时候,差点踩到一条大蛇。在追赶蛇的时候,我忽然踩到一堆篝火的灰烬,还冒着烟呢。我吓得心脏都要跳出来了,赶紧把手里的枪上的扳机拉下来。在回去的路上,我胆战心惊,哪怕是个枯树桩,也会看成是个人。

回到宿营地后,我把自己的东西又全都搬进小舟里,再把篝火熄灭,散开灰烬,以免被人发现。然后,我就爬上了一棵

> **我的地理笔记**
>
> 俄亥俄河
>
> 密西西比河支流中的老大,也是美国中东部的主要河流;
>
> 在印第安语中,"俄亥俄"就是"大河"的意思;
>
> 它发源于一座山地,流经俄亥俄州、印第安纳州、伊利诺伊州等地,最后注入密西西比河;
>
> 该河全长2100千米,是美国重要的水运航道;
>
> 每天运送煤、石油、钢材的船只在这里来来往往。

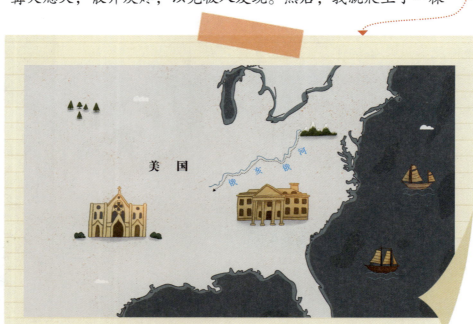

大树，可是我在上面待了两个多钟头，什么也没发现。

到了晚上，月亮还没爬上来时，我划着小舟到了伊利诺伊州的岸边，进了林子，做了晚饭。这时候，我听到了马蹄声和人的说话声。我没敢耽搁，又划着小舟回到原来的宿营地。这个晚上，我想着心事，根本睡不踏实，仿佛觉得有人卡住了我的脖子。后来，我干脆起身，决定去弄清楚到底是谁和我一起待在这个岛上。于是，我抄起桨，把小舟朝白天到过的那个地方划去。

等天快亮的时候，我才上了岸，小心翼翼地靠近那个地方。千真万确，隔着树丛，我就看到了一闪一闪的火光。我蹑手蹑脚地走过去，看到一个人正躺在地上，这下我真是吓得直打哆嗦了。只见他用毯子蒙住了脑袋，我躲在一处矮树丛里，一直盯着他。直到天色灰白时，才见他打了个哈欠，伸了个懒腰，掀掉了毯子。天哪，竟然是华珍小姐的黑奴杰姆。

我高兴地跳了出去："哈喽，杰姆。"

杰姆被吓得蹦了起来，瞪着我，然后双膝跪在地上，告饶道："不要害我，不要害我，我从来没伤害过一个鬼魂，你还是回到河里去吧。"

我很快让他弄明白我并没有死。见到他我真的很高兴，这样我就不会寂寞了，而且，我丝毫不担心他会回去告诉别人我的下落。他是在我逃走的那天来到岛上的，因为他偷听到华珍小姐和道格拉斯太太的对话，得知华珍小姐想把他卖到新奥尔良去，他不想被卖，就逃了出来。

当时，伊利诺伊州是自由州，而密苏里州是蓄奴州，黑奴如果没有获得自由身份的证件，进入密苏里州会被逮捕，并受到惩罚。杰姆想要越过**俄亥俄河**，逃到同情黑奴的北方去。

这几天，他都是靠采集草莓等野果充饥。我问他为什么不捉几只甲鱼，他说他只用手可捉不住，况且白天的时候他也不敢露面，怕被人发现。我们又聊了些其他的事情，在岛上能有个伙伴可真不错。

第七章

杰姆被蛇咬了

我想去岛中央查看一番,杰姆便同我一起出发了。这个小岛不过 5 英里①长、1/4 英里宽,我们很快就到了那里,那是一个小山头,爬上山顶后,我们在山岩间发现了一个大山洞,有两三间屋子那么大。洞里非常阴凉,杰姆建议把我小舟上的那些家当都搬到洞里来,这样如果有人到岛上来,我们就可以到这洞里藏身了。

说干就干,我们把小舟划到离山洞最近的位置,然后就把东西都搬到了洞里。我们在洞口生火做饭,饭刚做好,一场倾盆大雨就骤然而至。之前,我们看到几只小鸟在飞,杰姆说这是要下雨的预兆,他的话果然应验了。

我们坐在山洞里,一边吃午餐,一边看洞外的大雨。此时,天外变得一片漆黑,雨又密又急,远处的树木看起来朦朦胧胧,仿佛被一张张蛛网罩住了。突然,一阵狂风袭来,吹弯了大树,树枝猛烈摇晃,仿佛发了狂。在最黑的刹那,一道闪电瞬间照亮雨幕,只见有千万棵树梢在暴风雨中翻滚,紧接着,炸开的雷声从天上滚到地下,活像一批空木桶从长长的楼梯上往下滚。

"哇,杰姆,这多痛快!"我说,"我什么地方都不想去了,爱死这里了。"

杰姆回答:"嗯,要不是我,你这会儿准在暴风雨里,没有饭吃,还得淋个半死。"

接下来的十多天,大河都在涨水。我们白天划着小舟,走遍了小岛的各处。岛上每一棵被吹断的大树下,都会藏着兔子或蛇。因为前两天水几乎漫了全岛,这些小动物全都热得发慌,即使你靠近了,它们也特别乖顺,用手摸摸它们,也是可以的。

一天晚上,我们看到一个小木房子从上游漂过来,进到里面一看,一个男人不幸被杀死了。杰姆没让我到近前看。我们在他的房子里找到一盏白铁皮灯盏、一把割肉刀,还有一把大折刀。另外,还有蜡烛、烛台、杯子、葫芦瓢、旧被子等物件,我们把它们统统搬到了洞里。回去后,我还在那人的旧衣服里翻出八块

注:① 1 英里 =1.609344 千米

大洋，算是我们发了财。

又一天的傍晚，我在山洞里发现一条响尾蛇，及时打死了它。不过，为了吓唬吓唬杰姆，我把它重新盘好，放进杰姆的毯子里。可是到了晚上，我完全忘了这回事。我们从外面回到洞里，杰姆刚往毯子上一躺，就大叫一声跳起来。我用灯光一照，原来是那条死蛇的同伴咬了杰姆一口，此刻正昂着头，准备再向杰姆发起攻击呢。我赶紧拿起一根棍子，几下就打死了它。

杰姆被咬在了脚跟上，他抓起以前爸爸的酒罐子，猛地灌了几口。因为有死蛇在那里，它的同伴才会爬过来，而我竟忘了这件事。总之，这都是我的错，可是我不敢告诉杰姆实话。

杰姆很快就神志不清了，他不断地呻吟着，脚跟和小腿都肿得很厉害。每次醒来，他就喝几口酒。也许是那酒起了作用，杰姆躺了四天，终于消了肿，他又活了过来。

日子就这么一天天过去，大河的水又开始往回落了。这天早上，我对杰姆说，日子太闷了，不如来点刺激的，到河对岸去打听一下情况吧。杰姆很赞成我的想法，不过，他说我必须晚上去才行，还建议把我打扮成一个姑娘，以防被人认出来。

打扮成个姑娘？这个主意听起来不错。于是，我们试着把一件花布衫剪短，套在我身上，杰姆又用钩子在后面紧了紧，总算合身了。之后，我又戴上了一顶女式遮阳大草帽，几乎遮住了整个脸。杰姆看了看说，这下没人能认出我来了。我又学女孩子走路，练习了一天。

到了晚上，我便划着小舟到了伊利诺伊州的河岸那边。我进了镇子，在镇头看到一间小小的草屋。那原本是一间好久都没人住的屋子，这个我知道。但是此刻，屋里却透出灯光来。我轻手轻脚地走过去，隔着窗子朝里望去，只见一位四十岁左右的中年妇女正坐在桌旁做针线活呢。她大概是个外乡人，我确定以前从没见过她。

我进了屋，自以为伪装得很好，但没想到很快就被识破了。不过，她没把我当坏人，只以为我是从哪儿逃出来的学徒。从她这里，我打听到了坏消息，镇上的人误以为逃跑的杰姆可能是杀害我的凶手，还在追捕他。今天晚上，她丈夫便会带人到我们的小岛上来搜查。

我从她家里出来，回到岛上，先在高处点了一堆火，然后回山洞叫醒了杰姆："快起来，收拾好东西，一分钟也耽误不得，人家来搜捕我们了。"

| 第七章·杰姆被蛇咬了 |

杰姆一句话都没问，默默地把东西全部收拾妥当并搬到一天夜里我们打捞来的一只木筏上。等我们收拾停当，就熄灭了洞口的火堆。我把小舟划到离岸不远的地方，特意看了看，附近即使有船我也看不见。当时，夜空星光黯淡，水面上树影深深。我们划着木筏，木筏上放着我们的家当，悄悄溜进了树影里，谁也没有说话。

35

第八章

遇到沉船和杀人犯

我们划着木筏,到了岛尾的时候,已经是夜里一点钟了。我猜想人家若是找到岛上,看到我的篝火,可能会在那儿守一晚上,等着杰姆出现。假如他们没有上当,也不能怪我,我已经尽力了。

天蒙蒙亮时,我们来到伊利诺伊州的一个大湾旁边。我们就停在那里,上了岸。岸边长满了密密的白杨,密得如齿耙一般。我们用一些树枝藏好了筏子,然后一整天都躺在那里。休息期间,我才向杰姆说起那个妇女的事,把她说的话都告诉了杰姆。杰姆说这是个精明的女人,如果他们带一条好狗去搜捕的话,那我们就该回到原来的镇上去了。

等到天快黑时,我们才从白杨树的枝丫里探出头来。杰姆手很巧,他用几块木板在木筏子上搭了个舒适的窝棚,这样我们就不怕风吹日晒雨淋了。我们还做了一把备用的桨,以免碰到暗礁之类的把原有的桨碰坏了。

第二个晚上,我们大概走了七八个钟头。期间我们捉鱼、聊天、打瞌睡,有时也下水游一会儿。顺着这静静的大河往下漂,躺在木筏上仰望天上的星星,感觉是神乎其神的事儿。接下来的第二天、第三天、第四天都平安无事。每晚我们都漂过一些镇子。第五个晚上,我们路过 **圣路易**,顿时仿若进入一个灯的世界。以前,在圣彼得堡的时候,总听到人们说圣路易有两三万人之

我的地理笔记

圣路易

指圣路易斯市，是密苏里州最大的城市；

位于密苏里河与密西西比河交汇处的南边；

这里最早是印第安人的毛皮交易市场；

18世纪中期，法国的毛皮商在这里建立了城堡，便以法王路易九世的名字给它命名啦；

后来成为美国领土，交通非常发达，是水陆交通枢纽；

这里商业繁荣，除了汽车、飞机等制造业，还有世界著名的生猪市场呢。

多，我之前还不太相信。现在，在夜里两三点钟路过这里，亲眼见到那奇妙的灯海，我信了。此时，那里没有一丝声音，千家万户都睡熟了。

现在，每个晚上我都溜到岸上去，到附近的村子里买点肉或者其他食物。就在我们把船开到圣路易的那个晚上，半夜之后，忽然风雨大作，雷电交加，大雨像水柱子一般倾倒下来。我们躲在窝棚里，任木筏随波逐流，偶尔电光一闪，能看到两岸高高的岩石，十分吓人。后来，有一次闪电来时，我看到前面有一艘轮船撞到了岩石上，显然已经触礁搁浅了。

看到那船在河上的惨淡光景，我就想上去一探究竟。起初，杰姆坚决反对，他说："我可不想到破船上胡混，说不定上面还有看守呢。"

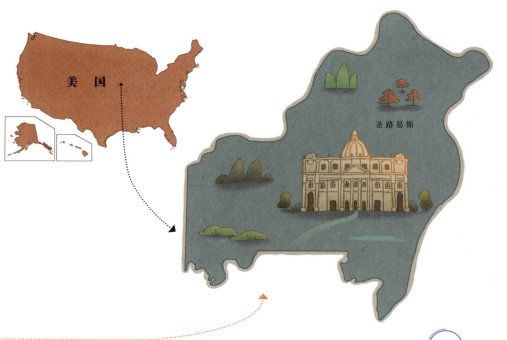

"什么看守,除了 得克萨斯 和领港房,哪里还会有看守?再说,那船眼看快裂了,谁还会冒着生命危险在那儿看守?如果我们上去,说不定还能找到点有用的东西呢。如果汤姆在这儿,他一定不会错过这个机会,他把这个叫作探险。他准会爬上这艘破船,即使死也要死在上面。或许你认为,那是哥伦布发现新大陆的派头。唉,汤姆如果现在在这里那该多好。"

杰姆终于被我说服了,我们趁着闪电划过之际,摸上那艘船。当我们溜到船长室外面的时候,听到了低低的说话声。杰姆很害怕,说要回去。我正准备往回走的时候,听到一个人带着哭腔的求饶声:"求求你们,伙计们,别这样。我发誓绝不会告发。"另一个声音喊道:"你撒谎,以前每次分好处,你都要多争一点,争不到你就恐吓我们去告发。你是最卑鄙、歹毒的畜生了。"

这时候,杰姆大概去找我们的木筏子了,而我却压不住好奇心,想一探究竟。我手脚并用地爬过狭窄的过道,来到一间顶舱的过厅旁边,看到一个男人被绑在地上,旁边站着两个男人,其中一个还拿着枪。听他们的对话,这些人大概是因为分赃不均起了内讧。拿枪的要打死被绑的那个,但另一个却阻止了他,他们来到我藏身的船舱旁商议,说与其打死他,不如让他和船一起沉入大海,这样他们就可以带上东西,划小船离开了。我当时就躲在一旁,幸好没被发现。等他们去收拾东西时,我吓得赶紧去找杰姆,我说我们要去找到他们的小船,把小船放走,不然这其中的两个就要逃了,要让警察来抓这帮杀人犯才行。

可是,就在我们去找我们自己的木筏子时,才发现它被风浪吹走了。我们吓得简直魂都要丢了,难道要和杀人犯一起留在这艘沉船上吗?眼下,我和

第八章·遇到沉船和杀人犯

我的地理笔记

得克萨斯

简称得州,美国南方最大的州,也是全美第二大州;

面积达69.6万平方千米;

它的名字来源于印第安语,意思是"朋友"或"盟友";

著名城市休斯敦、圣安东尼奥、达拉斯等都属于这个州;

这里富含丰富的石油和天然气,是美国最大的能源和化工州;

农业也很发达,畜牧业更是占据了美国老大的位置;

因为得州面积大,美国人习惯把船上最大的舱房通称为得克萨斯。

杰姆只有去找他们的小船,把它找来自己用了。可是,就在我发现小船的时候,两个海盗也收拾好东西跳上了船。但老天保佑,他们两个为了再次去搜那个被绑的倒霉蛋的身,又上了大船。趁着这个工夫,我和杰姆就驾着他们的小船逃走了。在逃跑途中,我们还找到了我们的木筏子,真是谢天谢地。

不过,让这几个杀人犯陷入绝境,我还是有些于心不忍。于是,在碰到一艘渡轮时,我跟看船的人撒了个谎,希望他们去救人。然后,我就赶紧划着小船返回到那艘沉船附近,不过我还是来晚了,那艘船和船上的人大概都没得救了。我心情有些沉重,等我回去找到杰姆,我们便在一个小岛上安顿下来。

历史上这里养牛可是非常牛的,至今得州都以牛仔的形象闻名全球。

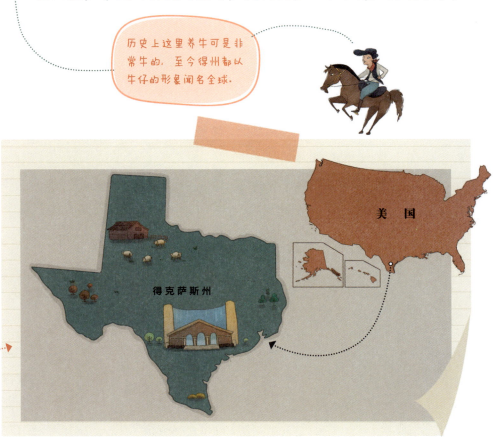

39

第九章

与杰姆的辩论

我们把从那几个杀人犯那儿抢来的小船翻了一下,那船上都是他们偷来的东西,除了有靴子、毯子、衣服和各式各样的东西外,还有一些书和一架望远镜。现在这些都是我们的了,我们从来没这么富有过。

我翻开那些书,把书里的故事读给杰姆听,什么国王啊,公爵、伯爵等,他们穿着华贵,派头十足,称呼都是陛下、阁下等。杰姆听得瞪大了眼睛,说:"除了老王所罗门,我从来不知道还有这么多国王。一个国王能挣多少钱呢?"

"挣?只要他们高兴,一个月可得一千块钱。他们想要多少就有多少,什么东西都是他们的。"我说。

"那简直太快活了!他们都干什么呢?"

"他们什么都不干,只是到这儿走走,到那儿坐坐。"

我们又谈到了所罗门王(犹太民族的传奇君王),尽管大家都认为所罗门是最聪明的君主,但杰姆却瞧不上他。任凭我怎么为所罗门辩解,他都不肯改变想法,他可称得上黑奴中瞧不起所罗门的第一人了。

因此,我只好把话题转移到其他国王身上。比如,我讲到了法国的路易十六,就是很久以前被砍掉脑袋的法国国王。他还有个儿子,原本是个皇太子,该继承王位的,可后来也被抓了起来,死在牢里。

"可怜的小家伙。"杰姆感叹。

"但也有人说他后来逃出了牢房,离开法国,来到了 美国 。"

"那他到美国能干什么呢?这里又没有国王。"杰姆又好奇地问。

"这我就不知道了。有些法国人去当了警察,

有些人教法语。"我回答。

"什么？法语？法国人和我们讲话不一样吗？"杰姆又不解地问。

"当然不一样了。他们讲的话，你一个字也听不懂。"

可是杰姆不明白，他不能理解不同的国家或地区有不同的语言这回事。

于是，我打比方说："一只猫说起话来会跟我们一样吗？"

"不，不一样。"

"好，那么一头牛呢？"

"牛当然也不一样。"

"那么猫和牛说话一样吗？"

"不，它们不一样。"

"对了，它们说的各不相同，这是自然而然也是理所当然的事，对吧？同样，法国人和我们说话不一样，这

从法国到美国密苏里州

我的地理笔记

美国

北美洲第二大国家，全称是美利坚合众国；

领土主要由50个州和一个特区等构成；

国旗上的50颗星就代表50个州

海外还有风光宜人的夏威夷群岛，这可是旅游胜地；

我也想去晒个日光浴。

内陆地形多样，水资源丰富，有五大湖和密西西比河、密苏里河等；

国力强盛，是全球超级大国；

白头海雕是美国国鸟，印在他们的国徽上。

它可是这个国家的象征。

也是自然而然、理所当然的。"

"一只猫是一个人吗,哈克?"杰姆反问道。

"不是。"

"那么让一只猫或一头牛像一个人那样说话,简直是胡闹。可一个法国人是不是人?既然是人,为什么不说人话呢?"

我知道我是白费唇舌了,继续和杰姆辩论下去,也是没有任何用处的。于是,我选择闭上了嘴。

我们沿着大河继续前行,断定再有三个晚上就到 开罗 了,它就在伊利诺伊州的南头。我们准备把木筏卖了,搭乘轮船,到不买卖黑奴的自由州去。

可是,到了第二个晚上,河面上起了大雾。我们向一个沙洲划去,但一个急流过来,把木筏冲走了。当时,我正在独木舟里,而杰姆在木筏上。四面八方的大雾涌来,我很害怕,慌慌张张地解开独木小舟去追赶木筏。追了一阵儿,我就辨不清方向了。后来,我喊了一声,隐隐约约从下游传来微弱的喊声。我赶紧循着声音去追,可是我追来追去,总是看不到木筏的影子。而那喊声一会儿偏左,一会儿又偏右,一会儿在我身前,一会儿又在我身后,在大雾中飘忽不定。

忽然,我撞到一处陡峭的河岸,河水将我冲到了一边,四周又是白茫茫的一片死寂,我的心狂跳起来。后来,我终于明白,那陡峭的河岸是一座小岛,杰姆可能已经到小岛的另一边了。大概又在河上漂流了半个多小时,我还是没能找到木筏和杰姆。

再后来,我进入宽阔的河面,但喊声也听不见了。我实在太累了,就躺在小舟上睡着了。等我醒来时,已是满天星光,迷雾也已散去。我看到下游有一个黑点,就朝着它划去,靠近一看,正是我们的木筏。我跳上木筏的时候,杰姆正头垂在两腿间,像是睡着了。他的右胳膊还搭在桨上,而另一只桨已经坏了,木筏上到处是树叶

我的地理笔记

开罗（美国）

美国伊利诺伊州的一个城市，在该州的最南端；

也是俄亥俄河的沿河城市；

这里是伊利诺伊州海拔最低的地方，全城环绕着防洪堤坝呢；

面积仅24平方千米；

有趣的是，它的名字来自埃及的首都开罗。

和枝丫。看样子，过去那段时间他也历尽了艰险。

我把木筏系好，躺在杰姆身边，碰了碰他，打着哈欠说："喂，杰姆，我刚才睡着了，你怎么没叫醒我？"杰姆看到我非常激动："天啊，哈克，你没有死！太好了，你回来了，还是老样子，谢天谢地。"

而我为了捉弄他，骗他说我哪里也没去，一直跟他在一起，是他做了个梦。一开始，杰姆确实被弄糊涂了，可是后来他说："也许真是我做了梦吧，这可是我做过的极大极大的噩梦。我使劲喊你，累得快没命了，睡着的时候，因为丢了你，我心都碎了。一醒来，看到你平安无事地回来了，我恨不得跪下来吻你的脚。可你却一心要捉弄我，说这些都是梦。"说完，他慢慢起身，进了窝棚，不再说话。

我为自己刚才的行为感到羞耻，真不该跟他开这个玩笑。后来，我鼓起勇气，向他道了歉。以后，我再也不干这种事了。

伊利诺伊州

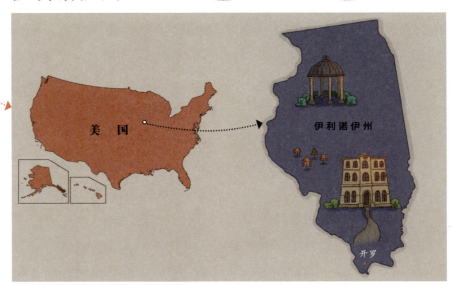

第十章

错过了开罗

我们顺水漂流在大河上。夜晚，天上云朵密布，十分闷热，两岸都是高大连绵的树木，透不出一丝亮光。我们谈起了开罗，听说那是个只有十几户人家的小镇，若是小镇没点灯的话，怎么知道那是开罗呢？杰姆说，如果两条大河在那儿合流，他一定能认出来。

为了不错过这个小镇，我决定等一下看到灯光，就上岸去问问离开罗还有多远。因为无事可做，我们都瞪大眼睛，留心着岸上的情况。杰姆又紧张又兴奋，只要能到开罗，他就是个自由人了。每隔一会儿，他就会跳起来大叫："到啦！"

可是，那些并不是灯火，只不过是鬼火或者萤火虫罢了。而这时候，我也开始纠结难过起来。之前，我从来没想过这么多，但现在我却越来越心焦。杰姆就要自由了，这对华珍小姐来说很不公平。她从来没有亏待过我，我却让她的黑奴从我眼皮底下逃走，我是多么卑鄙啊！

我正在胡思乱想的时候，又听杰姆说，到了自由州，他就拼命挣钱，然后把老婆赎回来。然后他们两个再拼命干活，把两个孩子也赎回来。听到他这样说，我心里更难过了，我这不是在帮着他逃跑吗？思来想去，我决定去告发他，我不能对不起华珍小姐，不能做违背良心的事。

当我们看到一处灯火，我划着小船准备离开的时候，杰姆又说："我马上就是个自由人了。这一切都是因为你，哈克。谢谢你，我永远不会忘记你。你是我最好的朋友，也是我唯一的朋友。"

杰姆这样说，又动摇了我刚才的决定。我划出小舟不远，就碰到了两个人，他们是来抓捕逃跑的黑奴的。如果杰姆被他们发现，一定会被抓走。当他们问我木筏子上有什么人时，我不由自主地撒了谎。我说那是我患了传染病的爸爸，需要他们帮忙给拉到岸边。那两个人本来是要到木筏上看看的，一听我的话，以为"我爸爸"得了天花（一种可致命的传染病），马上调转船头走了。临走前，他们还给了我四十块钱，让我自己想办法。

　　他们走后，我心里很不是滋味，但我明白，我是没办法做个好人了。等再次看到灯火，我上前一问，那并不是开罗。等我们划到下一个小镇，仍然不是开罗。杰姆失望到极点，我们很可能在那场大雾中错过了开罗。

　　又一个灰蒙蒙的夜晚，一艘轮船开过来。那开船的为了显示威风，故意贴我们的木筏很近冲了过来。我和杰姆只好跳进水里躲避危险。等我从水面露出头时，却找不到杰姆了。

第十一章

认识格伦基福特一家

我从水里爬上岸来，跌跌撞撞地走了一段路，来到一座老式的大房子前。我正准备匆匆走过，却有几条狗蹿出来，冲我汪汪汪地乱叫，吓得我不敢挪动一步。

过了一会儿，有人隔着窗子问："外面是谁？"

"乔治·杰克逊，先生。"我回答，随口编了个名字。

"夜这么深了，你为什么还要东游西荡？"

"我没有东游西荡，我从轮船上失足落了水。我还是个孩子，先生。"

大概察觉到我没有什么危险，里面的人让仆人把蜡烛放在门口，问我是否认识歇佛逊家的人。我当然不认识。他就让我慢慢地一步步走到门口，然后从门缝里挤进去。

我按照他的吩咐，一步一步往前挪。那几只狗像人一样，在后面盯着我。等我把头伸进门，我看到蜡烛放在地板上，他们全家人都在场，而且全都盯着我看。

有三个大汉拿枪对着我，年长的有六十多岁，另外两个三十多岁，还有一位慈祥的老太太和两位年轻的妇女。那位老先生说："进来吧，我看没什么。"

我进了门，他就把门锁好了。之后，他又招呼全家都齐聚在客厅里，举着蜡烛将我仔细打量了一番，确信我不是他们口中的歇佛逊家的人。那位老太太说："这个可怜的孩子全身都湿透了。再说，他是不是饿了？"于是，她让一个仆人去给我拿吃的，并让人把勃克叫下来，

| 第十一章·认识格伦基福特一家 |

好让我换一下他的干衣服。

勃克是个十四五岁的男孩，跟我年纪差不多，不过比我块头大一些。他蓬松着头发，打着呵欠走出来，手里还拖着一支枪，问："没有歇佛逊家的人来吧？"于是，大家都笑他，像他这么慢吞吞的，大家都被人打死了。

我跟着勃克到了他的房间，换上他的干衣服——一件粗布衫和短夹克，还有一条裤子。我在换衣服的时候，勃克就迫不及待地跟我聊起了天。他说前两天在林子里捉了一只蓝喜鹊和一只小兔子，还说他有一条狗。这条狗很聪明，只要把小木片扔进河里，它就能给叼回来。勃克和我一样，也不爱去学校，而且现在他们这儿好像没有什么学校了，他每天都过得很快活。

等我换好了衣服，他们给我拿来了玉米饼、腌牛肉、黄油和酪乳，我好久没吃过这么美味的食物了。我吃饱后，他们又问了我一些问题。我只好给自己编了一套身世。我说我来自 **阿肯色州** 的一个小农庄，姐姐离家出走，杳无音讯。哥哥出

我的地理笔记

▶ **阿肯色州**

位于美国南部，密西西比河的中下游，北面就是密苏里州；

这里原来也是法国的殖民地，后来划分为美国的一个州；

属于温带气候，一年四季分明；

因为自然环境优美，也被称为"自然之州"；

水资源和森林资源丰富，全州一半以上的土地都覆盖着森林呢；

这里种植业也很发达，主要出产大米和棉花。

出过不少名人，有上将麦克阿瑟、总统克林顿、NBA球星皮蓬等。

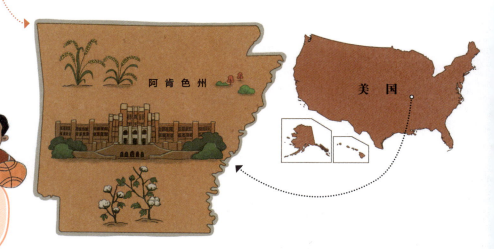

去找姐姐，也下落不明。最后家里只剩了我和爸爸。爸爸死后，庄子也被人收走了，我只好打点一些东西上了一艘轮船，离开家乡，不料又掉进河里，才来到这里。

听了我的话，他们都表示，我可以住在这里，把这里当成家，想住多久就住多久。

这时，天快亮了，大家都去睡了，我跟勃克睡在一个房间。第二天醒来，糟糕，我竟忘了昨天自己编了什么名字。于是，我假装问勃克是否会拼我的名字，勃克很快就拼出来了，我就借机记住了它，并把它背熟了，以防有人再问我。

他们是格伦基福特一家，是非常可爱的一家人，房子也很可爱。以前我在乡下从来没见过这么可爱和气派的房子。它的大门上没有用铁门栓，而是装的铜把手。客厅里有一个大壁炉，炉台的中间放着一只带玻璃罩的钟，钟的两边各立着一只用石膏做的大鹦鹉，鹦鹉旁边，还有瓷猫和瓷狗，在它们身上一按，就会发出叫声。屋子中间有一只可爱的瓷篮子，里面装满了苹果、橘子、桃子、樱桃等，这些当然不是真的，但颜色看着比真水果还要诱人。

那桌上还铺着一张漆布，上面画着红蓝两色展翅翱翔的老鹰，据说这是从 费城 运来的。另外，桌子四角上还整整齐齐地堆放着一些书，有《圣经》和一些诗集等。墙上挂了一些画，大部分是关于华盛顿、拉法耶特和一些战役的。

此外，墙上还有一些画是家里已故的一个女孩子画的，她叫埃米琳，去世时才15岁。她的画看起来都很忧郁。她还很会写

诗，曾为很多人写过挽诗。可惜，她去世的时候，没人能给她写诗了。我绞尽脑汁想为她写一首挽诗，但没能写出来。

大厅的每扇窗上都挂着漂亮的窗帘，厅里还有架小小的钢琴。若是有年轻的姑娘在这里弹奏一曲，想必是十分悦耳的。房子的内外墙壁都粉刷得很整洁，整座房子实际是两座大屋子合在一起的，两座大屋子之间有块空地，上面搭了屋顶，下面铺了地板，中午在那里摆上桌子用餐，简直是再好不过的地方。

> 《独立宣言》就是在这里发表的，可以说是美国的诞生地；

我的地理笔记

▶ 费城

美国历史名城，位于宾夕法尼亚州的东南部；

费城也曾作为美国的首都，现在被列为世界遗产城市；

高校云集，有著名的宾夕法尼亚大学；

这里还是购物的天堂，有种类繁多的购物场所。

宾夕法尼亚州

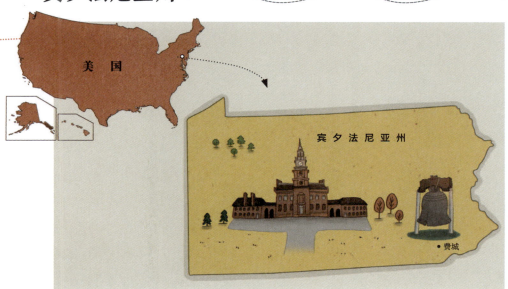

| 哈克贝利·费恩历险记 |

第十二章
两大家族的悲惨决斗

格伦基福特先生是位上校，也是位地地道道的绅士。他个子很高，身材细长，瘦瘦的脸上每天都刮得很干净，一双漆黑的眼睛深陷在眼眶里，如同从山洞中朝外望着你。他头发又黑又直，一直披在肩上，每天都穿着白西装，只有星期天才穿蓝色燕尾服。他为人很和蔼，从来不高声说话，但只要他把腰板一挺，目光一闪一闪，自有一股慑人的威严。所有人在他面前，都规规矩矩的。

每天早上，他和老夫人下楼来，全家人要向他们问好，在他们就座之前，其他人是不会坐下的。家里两个年长的儿子——鲍勃和汤姆，要向父母敬一杯苦味的药酒。而勃克作为小儿子，

> **我的地理笔记**
>
> **巴拿马**
>
> 巴拿马共和国，简称巴拿马，位于中美洲地峡，东连哥伦比亚，西接哥斯达黎加；南濒太平洋，北靠加勒比海。
>
> 因为靠近赤道，所以全年气温较高，属热带海洋性气候。
>
> 巴拿马的国土成"S"形，是北美洲和南北洲之间的通道；
>
> 巴拿马运河更是沟通了大西洋和太平洋，被称为"世界桥梁"；
>
> 巴拿马人非常热情好客，对待客人就像自己家人一样；
>
> 巴拿马草帽世界闻名，是用一种植物纤维编织而成的，柔软细腻且不易变形。

原产于厄瓜多尔，因巴拿马人戴的最多，才叫巴拿马草帽。

也和我一起敬酒，只不过我们喝的多半是糖水，有时加点威士忌和白兰地。

鲍勃和汤姆个子也都很高，宽宽的肩膀、棕色的脸，全都是一表人才。身上和他们的父亲一样，也都穿着帆布服装，戴着 巴拿马 帽。

除了三个儿子，家里还有两位小姐，一位是夏洛特，二十五岁；一位是苏菲亚，二十岁。她们都长得很漂亮，夏洛特骄傲有气派，苏菲亚则文静又甜美。每个人都有一个贴身服侍的黑奴。我来了之后，也给配了一个黑奴，但我的黑奴很清闲，因为我不习惯让人伺候。

据说，这家里原来还有三个儿子，但被人杀死了。还有埃米琳，也死了。

格伦基福特上校有好几处农庄，家里的黑奴也有上百个。在某些特定的日子，还有很多人来这里聚会，他们白天在林子里跳舞、野餐，晚上则举行舞会。这些都是他们家族的亲戚，他们真是名副其实的大家族。

不过，在当地还有另一个大家族，就是他们之前口中所说的歇佛逊家族。他们和格伦基福特家族一样，都是名门贵族，有钱又有气派，两大家族共同使用一个轮船码头。有时，我也能见到歇佛逊家的人，个个都骑着高头骏马。

一天，我和勃克到林子里打猎。我们听到了马蹄声，勃克一把将我拉进了树丛里，紧接着我们看到一个非常漂亮的小伙子骑着马飞奔而来。他骑在马上，姿态从容得像个军人，马鞍子上平放着一把枪。这个人我以前见过，叫哈尼·歇佛逊。

这时候,勃克打了一枪,打掉了哈尼的帽子。他握着枪径直朝我们藏身的地方冲来,我们只好在林子里狂奔起来,几次躲掉飞来的子弹。

我们飞奔回家里,当苏菲亚小姐听说了这件事,脸色变得苍白。

我不明白他们为什么要和歇佛逊家的人打打杀杀,勃克给我讲述了他们两大家族之间的恩恩怨怨。原来,格伦基福特和歇佛逊这两大家族是有世仇的,起初是两个人为了争一样东西,其中一个把另一个给杀了,接着被杀者的兄弟又把对方杀了。就这样,双方的亲属不断加入进来,你打我,我打你,你杀我,我杀你。到最后双方为了什么而杀都忘记了,反正就是要你死我活。这在当地,叫作打冤家。

这种争斗持续三十多年了,双方都死了很多人,也有很多人受过伤。比如,勃克的三个兄弟都是在这种争斗中死去的,就在不久前,两个家族还各被打死一个人。格伦基福特上校身上挨过好几颗子弹,鲍勃和汤姆也都被砍伤过。

到了下个星期天,我们都去了教堂。回来后,苏菲亚小姐把我叫到她的房间,请我帮她把一本《圣经》取回来,它落在了教堂里。我很奇怪,她为什么对《圣经》这么上心。当我把书拿到后,发现书里夹了一张纸片,上面写着:"两点半。"我不知道这意味着什么,但我还是把纸条原样放了回去,将书还给了苏菲亚。苏菲亚拿到书后,非常激动地感谢了我。

正当我为此事迷惑不解时,黑奴杰克找到我说:"少年,那下边的泥水塘里有一大堆黑水蛇,我指给你看。"

我跟着他蹚过泥水塘,来到一块四面都是青藤的空地,竟看到杰姆躺在那里休息。杰姆见到我,高兴得差点哭出来。他说那天落水后,他听到了我的喊声,但他不敢出来答应,怕被人发现,然后把他抓回去。他一路尾随着我到了这里,藏在附近,这几天一直有黑奴偷偷给他送饭吃。他瞅准机会才让黑奴杰克找了我。不得不说,杰姆很聪明,杰克也很聪明。

但谁料到,第二天,悲剧就发生了。我清早醒来,发现周围静悄悄的,家里一个人也没有。我出门找到了杰克,杰克告诉我说,苏菲亚昨晚离家出走了,她是和歇佛逊家的哈尼一起走的,说要和他结婚。家里人发现了这件事,男人们都拿着枪去追了,女人们也去找其他家族亲戚帮忙了。勃克也去了,他没有叫醒我,大概是不想让我卷入这场争斗。

我沿着河岸拼命朝上游跑去,不一会儿就听到远处传来了枪声。等我来到一堆木材旁,爬上一棵子弹打不到的白杨树上。在木材场前的空地上,有四五个人正骑着马来回走动,他们一边叫骂,一边朝码头木垛后面的一对年轻人开枪。过了一会儿,他们不在那儿转悠了，而是骑着马朝木场冲过来。这时，一个孩子站起来，一枪将其中一个打下了马，其他人也下了马，将受伤的人抬往木场的另一边。而这时，靠在木垛旁的两个孩子立即起身逃跑，跑到离我藏身不远的木垛旁，再次躲起来。这两个人一个就是勃克，另一个十八九岁，细高的个子。

那几个人骑着马追过来，但没有找到勃克他们，便离开了。等他们走远了，我在树上大叫勃克，勃克见是我，吃了一惊，他让我在树上继续瞭望。接着勃克哭着说，他父亲和两个哥哥都被打死了，对方也死了两三个人，他和堂兄乔，也就是他身旁的那个年轻人，发誓一定要报这个仇。我问苏菲亚小姐和那个哈尼怎么样，他说他们过了河，平安无事。

我们正说话的时候，突然，砰砰砰几声枪响，歇佛逊家的人从林子后面包抄过来了。勃克和他的堂兄立刻跳进河里，但他们还是受了伤。对方在岸上不停地朝他们射击，大喊着："打死他们，打死他们。"

整个过程，我都看在眼里。我难过得几乎要从树上栽下来，我多么希望那个夜晚我没有爬上岸来，没有来到勃克家，那就不会目睹这场惨祸了。我想，这全是我闯的祸，那张纸片上写着的"两点半"，也许就是苏菲亚和哈尼约定出走的时间，如果我能及时告诉她父亲，也许她父亲就会把她关在房里，不让她出来。这样，这场灾祸也就不会发生了。

我一直在树上等到天黑才敢下来。下了树后，我沿着河岸走了一段路，在河边看到了勃克和他堂兄的尸体。我把他们拖上岸，盖上了他们的脸，难过地哭起来。

之后，我离开河岸，找到了杰姆，杰姆一把抱住我说："上帝保佑，你还活着。我以为你又死了。你能回来，我真是太高兴了。"

我让杰姆赶快离开这里，别耽误时间。我们坐上木筏，朝大河的下游划去。经历过这些事情，我感觉世界上没有什么地方比我们的木筏更好了。在这木筏上，是另一个天地，我感觉到的，都是轻松、自在和自由舒畅。

第十三章

遇到"国王"和"公爵"

我们还是夜晚行驶,白天躲起来。每天夜晚快结束的时候,我们就停靠在一处沙洲旁,把木筏子藏起来,然后钓鱼,在河里游泳,等待白天的到来。往河面上望去,首先能看到灰蒙蒙的一条线,那是河对岸的树林子。接着天空中有了一点鱼肚白,慢慢地,雾气袅袅上升,东方红了起来,河面也红了起来。然后,白天来临,百鸟争鸣,万物在阳光下绽开笑脸。

这时候,我们就生火煮几条鱼,做一顿热乎乎的早饭。白天,我们睡觉,或者看大河上来往的木筏、轮船,懒懒散散地度过。到了天黑就出发,听任木筏随着水波漂流。很长一段时间,我们感觉整条大河都是属于我们的。有时候,可以看到有岛屿和我们隔水相望,有时候能看到其他船舱里透出的一两点灯光,有时候还能听到歌声或者琴声。木筏上的生活,就是这样美妙。我们仰望着头顶的星空,也会讨论这满天的繁星是怎么来的,杰姆认为是造出来的,而我认为是自然而然生成的。若不然,这么多星星,要造多长时间啊。杰姆则说,这些星星,是月亮下的蛋。这也有可能吧,毕竟青蛙也是能产很多很多卵的。我们也留心着流星划过天空,杰姆认为,这些落下来的星星是变坏了,被从窝里扔了出来。

一天拂晓时分,我们发现了一条独木小舟,便将它划过急流靠到了岸边。我上了岸,想看能不能摘点浆果。可是,我刚经过一条小路时,就听见有两个人从小路上飞奔而来。我心想完了,但凡有人追来,我

第十三章·遇到"国王"和"公爵"

总认为是追我或者杰姆的。我正准备溜的时候,那两个人已经到我跟前了,哀求我救他们一命,还说自己并没干什么坏事。

我让他们穿过灌木林子,往上游走一段,再下水游到我的木筏上,这样追他们的人所带的狗就闻不到气味了。他们照做了,等他们一上木筏,我们就把木筏划进了大河,帮他们摆脱了追踪。

这两个人其中一个大概有七十岁了,是个秃头,胡子花白,头上戴着一顶宽边软呢帽,穿一件油腻的蓝衬衫和一条破破烂烂的旧裤子,裤脚塞在靴子里,背带也只剩了一条,胳膊上还搭了一件旧的蓝色燕尾服。另一个呢,三十岁上下,一副穷酸打扮。相同的是,他们两个各自提了一个大大的鼓鼓囊囊的提包。

接着,这两人聊起了天。原来,他们之前也不认识,因为都被人追才碰到一起的。年轻的这位是卖去牙垢药水的,但他的药水不仅清除牙垢,也损害牙齿。他在准备溜的时候,被人追打。而年老的这位在镇上搞了个戒酒运动,每晚上都能收不少钱。但实际上他也是骗人的,自己背后还偷偷喝酒呢,被发现后只能赶紧跑路。这两人在逃跑途中恰好撞在了一起,然后都上了我们的木筏。

57

唉,他也想挽救民族危亡,但无能为力啊。

他们相谈甚欢,最后决定做个搭档,一起搞点事情做。年轻的说:"我是个打零工的印刷工人,还干点医药啊、演员方面的事儿。有机会,也搞点催眠和算命的活儿,还在学校里教过唱歌和地理。反正我能干不少行当。"

年老的说:"我是行医的,拿手好戏是按摩,专治癌症、半身不遂。我算命也很准,传教也在行。"

过了一会儿,年轻的又哀叹自己竟落到这步田地,他说他原本出身高贵,先祖是一位公爵,但后来被剥夺了尊崇的地位,才沦落至此。我和杰姆都很同情他,他说,只要我们内心当他是公爵,他才能得到安慰。于是,我们都照他的要求,叫他"爵爷"或者"大人"。吃饭的时候,杰姆还一直站在旁边侍候他。

对于这一点,"公爵"是很满意的。但年老的那位就不那么高兴了,到了下午,他终于开口道:"像你这样落难的,可不只你一个。"接着他竟哭起来,在"公爵"再三保证保密后,才说:"我是法国的皇太子,是失踪的路埃十七,也就是路埃十六(指法国国王 路易十六)的儿子。"

"凭你这个岁数,怎么可能呢?你说的是当年的 查理曼大帝 吗?那至少你得

我的名人笔记

路易十六:

18世纪末法国波旁王朝的国王;

政治上他曾多次主张改革,但因损害了特权阶级的利益,都没能成功;

法国大革命期间,因为一些不可调和的矛盾,他最终被送上断头台;

他是法国由封建社会向现代社会过渡的牺牲品,也是法国唯一被处决的国王。

我的名人笔记

查理曼:

即查理大帝,公元9世纪法兰克王国的国王,德意志神圣罗马帝国的奠基人;

他建立了庞大的查理曼帝国,版图包括了欧洲大部分地区;

公元800年,罗马教皇为他加冕为"罗马人的皇帝";

他在政治、军事、经济和文化等方面都有建树,被后世尊为"欧洲之父"。

六七百岁了。"

法国皇太子如果活着，实际年龄也就五十多岁。老头儿继续圆谎道："唉，都是遭遇的劫难让我白了头啊！先生们，在你们面前的，的确是身陷灾难、漂泊、流亡和受苦受难的法国国王继承人啊。"

他一边说一边痛哭。我和杰姆都不知道怎么办好，直到按他的要求跪着跟他说话，称呼他"皇上"，百般伺候他，他才高兴起来。不过，"公爵"倒变得酸溜溜的了。"国王"说，大家要在木筏上共度很长的一段时光，不如做个朋友，"公爵"才与他握手言和。

很快，我就明白了，他俩根本不是什么国王、公爵，而是十足的骗子。不过，我没有拆穿他们，只要能暂时保持和平，他们爱干什么就干什么吧。

第十四章
无耻"国王"的布道

"国王"和"公爵"问了我们很多问题,最关键的是问我们为什么要晚上出发,白天休息?杰姆是不是一个逃亡的黑奴?对此,我回答:"当然不是。难道一个逃亡的黑奴会往南方走吗?"

他们也觉得不可能。于是,我又编了一个自己的身世:"我家原在密苏里州的派克郡,后来家人一个个去世,爸爸带着我

> 卢浮宫、埃菲尔铁塔、凡尔赛宫、巴黎圣母院、凯旋门等都是这里的地标名胜。

到巴黎一定要去看看。

我的地理笔记

巴黎

法国首都,也是法国最大的城市;

位于法国北部巴黎盆地的中央地带,横跨塞纳河两岸;

它有1400多年的历史了,是法国乃至欧洲的政治、经济和文化中心呢;

它是时尚之都,也是艺术之都;

歌剧和戏剧也非常出名和盛行。

和弟弟到奥尔良去找我的叔叔。但因为没有钱买船票，我们乘坐了这只木筏，不料途中一艘轮船撞翻了木筏，爸爸和弟弟落水后，再也没能游上来，只剩下我和黑奴杰姆。在接下来的日子，有不少人来找我们的麻烦，要抢走我的黑奴，说他是逃亡的。所以，我们才不敢白天行船，只在晚上出发。"

"公爵"听了后说："那我得想个办法，好让我们高兴的时候，白天也可以行驶。"

黄昏时分，天气闷热，马上要下雨了。他们两位进了木筏上的窝棚，毫不客气地占用了我和杰姆的床铺。到了半夜，大雨倾盆，雷电交加，我和杰姆轮流值班，那两位则在窝棚里呼呼大睡。不过杰姆非常体贴，他多替我值了很长时间，为了能让我睡好觉。

第二天早上，"国王"和"公爵"玩了一会儿纸牌，然后开始制订赚钱的"作战计划"。"公爵"从他的皮包里拿出许多小传单，其中一张上写着："巴黎大名鼎鼎的蒙塔尔班·阿芒博士，定于某日某地'骨相'演讲。门票每人一角……"当然，上面所说的这位大名鼎鼎的博士就是"公爵"自己。而另一张传单上写着："伦敦特勒雷巷剧院，世界著名悲剧演员小迦里克，专门表演莎士比亚剧……"在其他的小传单上，他又有一些别的名字，拥有各种非凡的本领，好像拥有"万灵宝杖"，让人眼花缭乱。他对"国王"说："演戏是我最喜爱的行当了。皇上，你上过台没有？"

"国王"回答："没有。"

"公爵"便说："等到了下一个镇子，我们租一个会场，演出《查理三世》和《罗密欧与朱丽叶》。"

《罗密欧与朱丽叶》是莎士比亚的名剧。"公爵"向"国王"分别讲了男主角罗密欧和女主角朱丽叶是什么样的人，然后他说由他来扮演罗密欧，"国王"扮演朱丽叶。

"朱丽叶是一个年轻的姑娘,用我这秃头和白胡子来演她,也太怪异了吧?""国王"抗议道。

"不用担心,那些乡巴佬不会想到这些的。到时你穿上行头,就大不一样了。"公爵说着,拿出几件用窗帘做的戏服,有查理三世穿的中古时代的战袍,还有朱丽叶的长睡衣和睡帽等。他还拿出戏本,念着台词,跳来跳去地表演各种动作,教"国王"如何演戏。

在离河湾下游三英里的地方,有一个巴掌大的小镇。"公爵"说,他想出个好主意,能让木筏白天行驶。并且,他要到镇子上去准备些东西。我们一起划着木筏子到了那里,街上空荡荡的,连个人影都没有。我们找了个生病的黑奴,才打听清楚,原来镇上的人都去参加露营布道会了,就在两英里外的树林里。"国王"

打听了路线,决定好好利用一下布道会,并叫我和他一起去。

而"公爵"呢,先带我们找了一家印刷店,店里的工人都去参加布道会了,门却没有上锁。只见屋里又脏又乱,床上到处是油墨和传单,有的传单上还画着逃亡黑奴的画像。"公爵"说他有办法了。然后我和"国王"就去参加布道会了。

半个小时后,我们到了举办布道会的树林。那里大概有一千人,林子里到处拴满了骡马和车辆。人群聚集在一个个搭建的棚子里,有戴遮阳帽的妇女,有穿印花上衣的姑娘,有做针线活的老太太,也有光着脚丫的年轻男人和孩子。

在我们进去的第一个棚子里,布道的人正在高台上念赞美诗。他每念两行,大家就跟着唱起来。因为人多,歌声很洪亮。渐渐地,人们越来越兴奋,到后来竟大声吼叫起来。布道的人开始布道,他把《圣经》高高举起来,高声喊叫,其余的人都跟着高喊:"阿门。"布道的人又喊:"到这悔罪的板凳上来吧!罪过大的人,过来吧……穷苦无告的人,过来吧……带着破碎的心、带着悔恨的心过来吧,带着你们的肮脏和罪孽,天国之门永远是敞开的——进来,安息吧。"

于是,听众们一片吼叫、哭喊,根本听不清布道的人在讲什么。一群群人脸上挂着泪水拼尽全力挤到悔罪的板凳旁,又唱又吼,有的还扑倒在稻草上,场面简直非常疯狂。

就在这时候,我看到"国王"跑了过去,用压倒一切的声音呼喊着奔上讲台。牧师请他讲话,他就开始讲了。他说,他在 **印度洋** 上做了三十年海盗,在一次战斗中,他的部下伤亡惨重,他现在回国,就想招募一些新人。但就在昨天晚上,他遭遇了抢劫,落得身无分文。但他很高兴,非常感谢这个遭遇让他重新变了一个人。他生平第一次感到什么是幸福。他现在虽然很穷,但他决定返回印度洋上,劝说那些海盗都改邪归正。尽管路途遥远,他又没有什么钱,但他一定要去做,并会对每一个愿意悔过的海盗说:"不用感谢我,这都是朴克维尔露营布道会的亲人们和传教士的功劳。"

说着说着,他似乎把自己都感动了,哇哇地哭起来,大家也跟着哭了。这时候,就听有人喊道:"给他凑一笔钱吧,给他凑一笔钱!"有五六个人高声附和,另一个喊道:"让他托着帽子转一圈凑这笔钱吧。"然后,一个个都这么说。

于是,"国王"便摘下他的帽子,在人群前走了一圈,还一边抹泪一边为大伙儿送祝福,感谢大家对海盗如此仁义。这些人极度热情,有的还邀请他到自己家里做客。不过"国王"说他恨不得马上到印度洋去,好感化那些海盗,而留下来没什么用。

等我们回到木筏上,他数了数,竟一下骗得八十七元七角五分钱,这可真不是个小数目。"国王"非常得意,这可是他传教生涯中收获最大的一天了。

而"公爵"呢,在印刷店假装印刷工人忙活一天,赚了9块多钱。虽然也不错,但跟"国王"比起来,那就差远了。他拿出一张传单,上面印了杰姆的画像,画像下写着:此人从圣·雅克农场潜逃,凡捉拿住此人者悬赏两百大洋……

"公爵"说:"有了这个,我们就能白天行驶了。如果有人来,我们就用绳子把杰姆绑好,把那张传

单给他们看,说我们是抓住他的人,准备去领赏。"

我们都觉得他干得漂亮。他在印刷店里干的那一套,一定会引起一场热闹,不过一切都跟我们无关了。到了夜里,我们就悄悄溜走了。后来,杰姆问我:"哈克,你看我们以后还会再遇到什么'国王'吗?一两个倒还好,再多可就不行了。你看那'公爵',喝得烂醉,也好不到哪儿去。"

杰姆总想叫"国王"讲讲法语,但他说自己已经离开国家很久了,又那么多灾多难,早把法国话给忘了。

我的地理笔记

印度洋

位于亚洲、大洋洲、非洲和南极洲之间,在世界大洋中排行老三;

总面积达7400多万平方千米,大概占了世界海洋总面积的五分之一;

因为北部中央位置是印度这个国家而得名;

最深处是阿米兰特海沟;

属于热带海洋性气候,洋内有很多岛屿,其中马达加斯加岛可是有名的珊瑚岛呢。

红海、波斯湾、阿拉伯海、孟加拉湾等都是它的属海;

它的岛屿也很多,有马达加斯加岛、斯里兰卡岛、马尔代夫群岛等;

因为地处赤道带和热带,所以也被称为热带海洋。

周边国家有澳大利亚、印度尼西亚、南非、印度、巴基斯坦和伊朗等。

我们国家挨着印度洋哟。

这里有好多珊瑚呢。

印度洋

第十五章

不该发生的悲剧

太阳升起来了,这回我们没有靠岸,而是敢一直往前开了。"公爵"开始教"国王"背台词,教他如何演罗密欧。他们还练习斗剑,在木筏上跳来跳去。"公爵"还说,他要把他们的演出打造成一流的精彩节目,还说在表演结束后可以来段苏格兰舞,或者水手的笛舞,让"国王"念段哈姆雷特的独白。他说那是莎士比亚最著名、最精彩的台词,不过他在煞有介事地教这段台词时,却颠三倒四,胡乱地拼凑一通,将莎士比亚其他剧里的台词都混了进来。"国王"自然是听不出来的,他学得很投入,激动得狂吼乱叫,哭哭啼啼,那场景可真是美妙。

接下来的两三天里,他们都在排练,所以我们的木筏子上异常活跃。"公爵"还印了好几份演出海报。一天早晨,我们在阿肯色州的一个小镇靠了岸,那里下午正好有一场马戏,有许多乡下人赶到了这里,并且马戏团当晚就要离开小镇。这给了我们很好的演出机会,"公爵"去租下法院大厅,并到处张贴海报。海报上写着:莎士比亚名剧隆重再演!惊人魅力,只演今晚一场!下面还写着,应观众特邀,声名赫赫的基恩先生表演哈姆雷特的不朽独白,因欧洲各地邀约在先,只演今晚一场,等等。总之,这场海报极尽吹嘘之能事。

贴完海报,我们就在镇上逛一逛。这里的房子都是木头搭建的,而且好多都东倒西歪,没有刷过油漆。屋子四周都有小园子,只长了些杂草和向日葵。有些围墙似乎被刷白过,但按"公爵"的话说,那大概是哥伦布时代的事了。

这里所有的店铺都开在一条街上,有不少游手好闲的人在那里嚼烟草,骂脏话,打嘴仗。大街小巷全是稀泥,还有猪到处走来走去。尤其是当一头泥糊糊的母猪带着一群小猪崽沿街闲逛时，人们不得不绕着它们走。

而河边的那些房屋，有的已伸到了河面上，歪歪斜斜的，好似快塌到河里去了。像这样的镇子，就是在被大河不断啃着，一点点往后缩。中午的时候，街上的大篷车、马车更多了，都是从乡下来的，那些人往往都带着午饭，就在大篷车上吃了。

我还看到好几起打架的事。后来，有人喊道："老博格斯来了。他从乡下来，按照老规矩，每个月都要来醉一回。"那些闲汉都高兴起来，仿佛平时总拿博格斯寻开心似的。其中一个说："这回不知道他要搞死谁。不过要是他这二十年来能把想搞死的人搞死，那他早就出名了。"另一个则说："但愿他能来吓唬吓唬我。"

我的地理笔记

欧洲

全称欧罗巴洲，位于东半球的西北部，是世界第六大洲；

北临北冰洋，西靠大西洋，南边是地中海和黑海，东边则与亚洲相邻；

按地域，分为西欧、北欧、中欧、东欧和南欧；

其中，西欧最为发达，英国、法国、荷兰、比利时等都在这片区域；

整个欧洲地形以平原为主，南部有一系列山脉，就是著名的阿尔卑斯山脉；

这里的亚速海是世界上最浅的海，最深处只有14米；

这里的梵蒂冈是世界上面积最小的国家，只有0.44平方千米哟。

名字来源于希腊神话人物"欧罗巴"，传说她是腓尼基王国的公主。

正说着，只见博格斯骑着马飞奔而来，还一边大喊大叫，活像个印第安人。他吼道："快让开，快让开，我是来打仗的。"他大概喝醉了，在马鞍上摇摇晃晃，脸也红红的，看上去有五十多岁。大家嘲笑他，骂他，他也回敬人家。他看到了我，说："你是哪里来的，想找死吗？"说着，就骑着马过去了。我吓得躲到一边，有个人说："他是说着玩的。他喝醉了就是这个样子，他可是阿肯色州有名的老傻瓜。不过，他从没真正伤害过谁。"

博格斯骑着马来到镇上最大的一家铺子前，大叫："歇朋，有种就给我出来，见一见你骗过他钱的人。你这条恶狗，我找的就是你，我要你的命！"

接着，他仍是对口中那位歇朋破口大骂，满街的人都听着，一边嘻嘻哈哈地笑。又过了一会儿，只见一个穿着非常讲究的人从铺子里走出来，也五十多岁，他神情镇定，一板一眼地说："你这一套简直烦死了。不过，我只忍到一点钟，等过了下午一点，你再骂我，我一定找你算账。"说完，就转身进了铺子。

而博格斯呢，也骑马走了，沿着大街，一路咒骂着歇朋。过了一会儿，他又回到铺子前，仍继续叫骂，周围的人劝他收场，快到一点钟了，他必须马上离开。可是他根本不听，仍是骂个不停。凡是有机会跟他说话的，都劝他下马，这样好把他关进屋子，等他酒醒了就好了。但没人能成功，他骑着马飞奔起来。这时，有人说："快去叫他女儿来，他或许还能听她的。"

又过了一会儿，博格斯又回来了，这次没有骑马，是由两个朋友扶着歪歪扭扭地走在街上。这回，他倒没有耍赖不走，而是自己也着急走的样子。这时，有人叫了他一声，正是刚才他咒骂的男子，手里还举着一把枪。同时，一位年轻的姑娘也正奔过来。博格斯转过身来，他身边的两个人看到手枪，都吓得退到一边。枪口对准了博格斯，博格斯举起手叫道："天啊，别开枪！"

但是，枪响了，两声过后，博格斯仰面朝天，倒在了地上，那位姑娘尖叫着扑过去。悲剧就这么发生了，等众人回过神来，歇朋已扔掉枪，转身走了。大家七手八脚将博格斯抬到一家小院，但很快，他就断了气。

第十六章
"国王"和"公爵"的演出

可怜的博格斯就这样死了,其余的人不断讨论着他的死亡,然后有人提议去惩罚歇朋。这群人像暴徒一样,气势汹汹地冲到歇朋家,但当看到歇朋端着枪出来,全都吓得往后缩。他们就是一群胆小鬼,歇朋三言两语就把他们打发了。

我也从那里退出来,去看了马戏。那真是一场精彩绝伦的演出,小丑插科打诨,令人笑到捧腹,马术表演则别出心裁,令人叫绝。到了晚上,就是"国王"和"公爵"的好戏了,不过到场的观众只有十二个人,而且全都没等演完就退场了。

"公爵"十分恼火,认为阿肯色州的蠢人都配不上莎士比亚的戏剧。第二天,他又重新写了一张海报,张贴在镇上各

我的地理笔记

伦敦

英国首都,位于英格兰东南部的平原上,横跨泰晤士河;

欧洲最大的城市,与美国纽约并列为世界最大的金融中心;

这里的居民来自世界各地,使用的语言超过了300种;

别名雾都,这是因为以前城里总是雾气缭绕;

这里也是旅游胜地,白金汉宫、大英博物馆、大本钟等都是著名景点;

足球运动盛行,有不少国际顶尖球队俱乐部。

处，内容是这样的："世界著名悲剧演员小大卫·迦里克，和老埃特蒙·基恩演出惊心动魄的悲剧《国王的长颈鹿》。门票每位五角。"海报下面则用更大的字体写了这样一行：妇女和小孩恕不接待。

贴完之后，"公爵"说："你们瞧着吧，如果这一行字还招不来人，就算我不了解阿肯色州的人了。"

接下来，他们两个忙活了一整天，又是搭戏台，又是挂幕布，又是安上蜡烛当脚灯。这一晚，果然如"公爵"所料，大厅里很快挤满了人，几乎要容不下了。"公爵"在台前作了个演说，将所演的悲剧和演员都大大吹嘘了一番。在吊足了观众的胃口之后，他就把幕布一拉，只见"国王"四肢着地，蹦了上来，几乎没穿一件衣服，但全身涂满了红红绿绿的各种花里胡哨的颜色。那一圈圈的条纹，就像天上的彩虹那么鲜艳。这身打扮，真是放肆到家了。观众们看到他这副尊容，全都笑得人仰马翻，几乎要笑死。"国王"又在台上蹦跳了一番，引得全场疯狂吼叫、鼓掌，那笑声简直如暴风雨一般。如此这般，"国王"表演了好几次，都引得笑声雷动。我想，这个老傻瓜的精彩演出，就连一头牛看了也会哈哈大笑吧。

接下来，"公爵"就拉上了大幕，表示演出结束，说因为 伦敦 方面有预约，这场伟大的演出只能再演两个晚上。可是，台下的观众不干了，叫嚷道："怎么，就这么完了吗？这就是全部演出了？"

当得到肯定回答后,这些人大呼上当,像疯了一样跳起来,要扑上来打两个演员。但有一个人阻止了他们,说:"我们是上当了,可不能给全镇的人当笑料吧。不如,我们先不声张,出去后好好把这场戏吹捧一番,让全镇的人都来上当。这样,我们就是一艘船上的人了。"大家觉得有道理,于是回到家,各自劝说周围的人来看这场"悲剧"。

在他们的卖力宣传下,第二天演出全场爆满,"剧场"几乎被围得水泄不通。"国王"和"公爵"照样骗他们上了当。到了第三个晚上,场子里再次挤满了人,但这次我发现他们每个人的口袋里都装了东西,我一闻就知道是臭鸡蛋、烂白菜等,可能还有死猫。那些气味混在一起,简直让人受不了。"公爵"呢,照例收了他们的钱,等到场子里再也容不下更多的人时,他给了其中一个人一块银币,请他给照看下大门口,然后绕到了戏台后面的小路,告诉我快跑。我们两个就拼命跑出去,远远地离开那里,然后上了我们的木筏。

我猜想,"国王"那个老傻瓜一定会被那些人揍得很惨,可没想到他竟从木筏的窝棚里钻出来,原来老奸巨猾的他今晚根本没到镇上去。"公爵"说,他早就料到镇上那些人今晚会要他们好看,所以收完钱就赶紧溜了。他们两个得意扬扬,三个晚上竟然一共骗了465块钱。

后来,等他们睡着了,杰姆说:"哈克,你不觉得'国王'的行径很让人吃惊吗?他们简直就是不折不扣的大流氓。"

我说："这有什么好吃惊的,他们都是一个样子,天下的国王都是大流氓。只要你知道过一点关于他们的事,你就明白了。你看看亨利八世,咱们这位'国王'若是跟他比起来,那可称得上是个主日学校的校长呢。还有查理二世、路易十四、路易十五、詹姆斯二世、理查三世,以及撒克逊七王国的国王们,都曾猖狂一时,搞得坏人当道。那个亨利八世,就是个花花太岁,说砍人脑袋就砍人脑袋,完全不当一回事。他还突然间叫人把 波士顿 港船上的茶叶都倒进海里去,还发表个《独立宣言》,看人家应不应战。反正国王都那么回事,都是这种十分难惹的货色,我们还是能忍就忍着点吧。"

"反正我再也不想碰到这样的人了。"杰姆又说。

"我也是这个想法。但既然被他们缠上了,又暂时甩不掉,只能先忍着吧。"我没告诉杰姆他们并不是真的国王和公爵,说了也没什么意义。况且,他们又和真的有什么两样呢?

波士顿

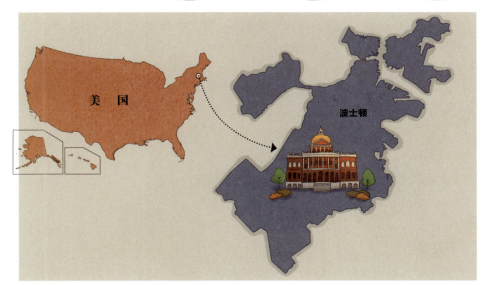

我的地理笔记

波士顿

位于美国东北部大西洋沿岸,是马萨诸塞州的首府和最大的城市;

建于1630年,也是美国年岁较长的城市之一;

曾发生过波士顿倾茶事件,是美国人反抗英国的行动,将英国300多箱茶叶倒进大海,从而引发美国独立战争;

波士顿夏天经常有音乐表演,其中在查尔斯河畔的露天表演能容纳三四万人。

| 哈克贝利·费恩历险记 |

第十七章
信口雌黄的骗局

第二天傍晚，我们停在一个沙洲旁，河两岸各有一个村子。"公爵"和"国王"又想去岸上表演。杰姆希望他们能早点回来，不然他整天被绑在窝棚里，很不好受。没错，我们每次留他一个人在船上的时候，都是先把他绑起来，以防有人发现，怀疑他是逃亡的黑奴。

"公爵"想了想，又想出一个好主意，他把李尔王（莎士比亚戏剧中的人物）的服饰——一件印花长袍、假发和大胡子给杰姆装扮起来，还给他脸上、脖子上、手上都涂上一层死气沉沉的蓝色，这让杰姆看起来仿佛是个淹死很久的人，谁见了都会吓一跳。

"公爵"又拿出一块小木板，立在窝棚前面，上面写着：有病的阿拉伯人，只要不发疯，与人无害。他告诉杰姆，若是

我的地理笔记

辛辛那提

位于美国中部，俄亥俄州的工商业城市；

也是俄亥俄的一个河港，有运河通向著名的大湖伊利湖；

这里也是美国的工业和商业中心，制造业很发达；

除了汽车、飞机等部件制造，肥皂的生产可是全美闻名呢；

这里公园多，绿地多，风景十分优美，有"皇后城"的美称；

辛辛那提大学是美国最早的学校之一，有200年的历史了。

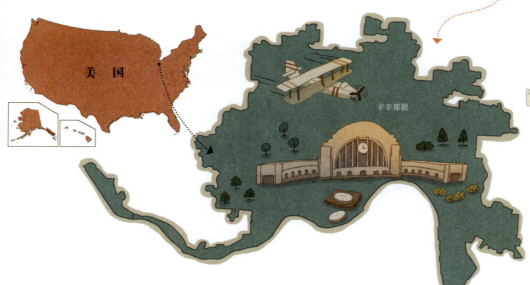

第十七章·信口雌黄的骗局

有人敢靠上来，不妨就跳出去大吼几声，吓唬吓唬他们。我看，只要是个正常人，看到杰姆这个样子，不用等他吼，都会撒腿而逃吧。

我们在上一站买了不少新衣服，此刻的"国王"装扮一新，看起来很有派头。之前，他一看就是个老流氓，现在倒人模人样，仿佛刚从挪亚方舟里走出来。

我们来到镇子附近，看到一艘大轮船正在那里装货，"国王"说："看我这身打扮，待会儿你们就说我是从圣路易或 **辛辛那提** 等大地方来的。哈克，划到轮船那儿去，我们坐大轮船到那个村子去。"

我们沿着河岸的水面快速划着，不一会儿，就遇到一个看上去没什么社会经验的乡巴佬，他坐在一根木头上，正擦着脸上的汗水，身边还放着许多行李。木筏靠了岸，"国王"上前搭话："年轻人，你要去哪儿啊？"

"我要坐轮船到奥尔良去。"那人回答。

"那就上船吧，我让我的用人帮你提一下行李。""国王"说着，示意我帮那人搬行李。

这个人感激万分，然后就打开了话匣子，问"国王"是从哪里来的。"国王"就编瞎话说自己是从上游过来的，来这附近的农庄看一个老朋友。这人又说，他一开始误以为"国王"是哈维·威尔克斯，一位没能准时到达这里的先生。"国王"一听，马上顺着话询问威尔克斯的情况，那人便竹筒倒豆子般把人家的底细倒了个干净。据说，当地的彼得·威尔克斯先生死了，临死前曾很想见一见弟弟哈维·威尔克斯，但哈维没能准时出现。彼得还有个弟弟叫威廉，据说小时候就没怎么见过，是个又聋又哑的人。彼得有几个女儿，都很年轻，他给弟弟哈维留了信，希望他能妥善安排自己的遗产，分配给几个孩子，如此等等。

| 哈克贝利·费恩历险记 |

"国王"听完，马上问："依你看，哈维·威尔克斯为什么没来呢？"

那人说："他住在英格兰的谢菲尔德，在那里传教，也许没有时间，也许没收到信吧？"

"太可惜了，生前没能见到亲兄弟一面，""国王"假装惋惜道，又问，"你说你要去奥尔良吗？"

"是的，过几天，我就会坐大船去 里约热内卢 ，我叔叔住在那里。"

"国王"又假装关心地询问了老彼得家几个女儿的情况。老大玛丽·珍妮19岁了，苏珊15岁，琼娜14岁，是个倒霉

每年有世界规模最大的狂欢节，常常全城的人一起跳舞，被称为"狂欢节之都"。

里约热内卢

> 我的地理笔记

▶ 里约热内卢

巴西的第二大城市，位于巴西东南部沿海地区，南临大西洋；

也是巴西最大的海港，南美地区的门户，有长达600多千米的海岸线；

一年有明显的干季和雨季，全年高温，属于热带气候；

里约热内卢基督像是这里的标志，也是世界新七大奇迹之一；

这里有多处美丽海滩，所以也成为世界闻名的旅游胜地。

的豁嘴姑娘。总之,"国王"问这问那,把彼得·威尔克斯家的里里外外、亲朋好友、财产状况等都打听得仔仔细细,明明白白。

等我们到了轮船那儿,"国王"再也不提上船的事了,我知道他打的什么鬼主意。等船开走了,他马上与"公爵"会合,讲了刚才听到的彼得·威尔克斯一家的事,然后他说:"你来扮演又聋又哑的角色,怎么样?""公爵"点头,装聋作哑是他的拿手好戏。

等又过来一艘大轮船,我们就上了这艘船,然后再搭乘小艇到了威尔克斯家所在的村子。我们一上岸,就看到有二十多个人等在那里。他们见有小艇过来,也围了上来。"国王"问:"有谁知道彼得·威尔克斯家在哪儿吗?"当人家委婉地告诉他老彼得已经不在了时,他就号啕大哭起来:"天哪,我可怜的哥哥,我们竟然没能赶上见一面……"

然后,他一转身,朝"公爵"打了些莫名其妙的手势,两个人便哭作一团。这两个骗子真是我见过的最混账的混蛋了。

人们一看这架势,就以为他们两个定是老彼得的两个弟弟哈维和威廉了,忙上来表示哀悼,说些安慰的话,还把老彼得的临终情况告诉他们。"国王"和"公爵"又做出一副哀痛至死的模样,我真为他们作为人类感到羞愧。

不到两分钟,整个村子都传遍了这个消息。我们在众人的围观下来到老彼得家的房前,他的三个女儿正等在大门口呢。大女儿玛丽是个十分美丽的红发姑娘,她见叔叔来了,便投进"国王"的怀抱,最小的豁嘴姑娘也朝"公爵"跑来,亲人相见,场面似乎分外感人。

接着,两个骗子来到老彼得的棺木前,装出悲痛万分的模样,哭得呼天抢地,眼泪简直像撒尿一般流淌,这真是我见过的奇观。周围的人竟大为感动,都跟着抹起了眼泪。随后,"国王"发表了一通演说,说自己带着弟弟千里迢迢来看哥哥,却没见到最后一面,感谢大家的慰问等等,这种话真是让人听了都想吐。

"国王"又把他所知道的彼得朋友们的名字说了一遍,这些人有霍勃逊牧师、朋·勒克先生和勒维·贝尔律师、罗宾逊医生和巴特雷寡妇等。除了牧师、医生和律师,其他人都在场。"国王"信口开河,几乎连镇上的狗都问了个遍,他假装这些人和物都是哥哥信中提到过的,其实都是从搭我们木筏赶轮船的那个笨蛋嘴里套来的。在场的人当然不知道这些,他们个个都很感动,又是握手,又是感谢,对两个骗子的身份深信不疑。

随后,玛丽拿出父亲留下的那封遗书,当众读了它。遗书上说把住宅和三千块金币留给女儿们,把鞣皮工场和另外三千金币留给哈维和威廉。六千块金币就藏在地窖里,"国王"和"公爵"说由他们去取,一切光明正大地办。这两人到了地窖,看到那一堆金灿灿的金币,连眼睛都放光了。可他们数了数,这些金币不足六千块,还缺了四百一十五块。为了能得到这笔钱,不让人起疑心,他们干脆先用自己的钱补上了。

他们把钱拎上去,又当众数清楚。"国王"说,他和威廉都不要这笔钱,全留给三个侄女儿。众人都为他的大方和爱心感动,个个过来拥抱他,和他握手。"国王"对自己的表演很满意,又滔滔不绝地讲起来。

这时候,有个大个子挤进来,站在那里张望着,默不作声。"国王"邀请所有人来参加葬礼,但几次将葬礼说成殡葬酒宴,后来"公爵"实在听不下去了,就给他扔了个纸条,提醒他是"葬礼",不是"殡葬酒宴"。不料,这个老骗子不但没感到害臊,还顺嘴胡扯,说:"'殡葬酒宴'是英国流行的说法,

来自 **希腊** 文和希伯来文，就是公开下葬的意思。"

这拙劣的表演引得刚进来的那位大个子大笑起来。原来，他就是罗宾逊医生。他指着"国王"说："你说话像英国人吗？我可从没见过这么糟糕的英国话，你是个骗子，这才是你的真面目。什么希腊文，希伯来文，全是满嘴胡扯。"

可是大家不相信医生，任凭他指出"国王"的各种漏洞，他们也对这两个骗子深信不疑，因为他之前说出了很多人的名字。老彼得的三个女儿也不相信，甚至在罗宾逊医生的激动指责下，竟把那一大袋钱币都给了她们信任的"叔叔"，让他拿出去放贷。

最后，医生被气走了。"国王"得意地嘲笑了医生，逗得大伙都笑了。

我的地理笔记

希腊

位于欧洲东南角，巴尔干岛的南端，是连接欧亚非的战略要地；

三面环海，濒临爱琴海、地中海和伊奥尼亚海；

境内有很多岛屿和半岛，其中最大的岛是克里特岛，最大的半岛则是伯罗奔尼撒半岛；

这里可是西方文明的摇篮，诞生过米诺斯文明、地中海文明、迈锡尼文明、古希腊文明等。

> 境内的阿尔卑斯山被认为是希腊神话中诸神居住的神山。

第十八章

一场伟大的盗窃

晚上，等到大家用过晚餐都散了，玛丽为我们安排了住处，她把自己的大房间让给"国王"，而我就住在这个房间的阁楼上。而"公爵"的房间，则是小巧又舒适。

我和豁嘴姑娘在厨房吃饭的时候，她问了很多关于英国的问题，有时候我真怕自己要露馅了。她问："你见过国王吗？"

我说："谁呀，威廉四世吗？当然见过，他上我们教堂去过。"其实，我知道威廉四世早就去世好多年了。之后，我又胡诌说国王每星期都去我们的教堂。结果豁嘴姑娘反问我，国王不是住在伦敦吗？没错，国王应该住在伦敦，而我们住在谢菲尔德。意思很明显，不可能每星期都去我们的教堂。我要招架不住了，只好假装被鸡骨头卡住了脖子。之后，她又问了我很多问题，每次编不下去的时候，我就假装被卡住脖子，企图蒙混过关。

最后，豁嘴姑娘很不满意地问我："你是不是一直在跟我撒谎？"我当然说没有。她便让我把手放在一本册子上说自己没有撒谎。我见那册子只是一本字典，而不是《圣经》，便照做了。不过，她还是说："你说的话，有一部分可信。而其余的，打死我也不信。"

姐姐玛丽听到这句话，便开始教育她："琼娜，你不能这样对待一个陌生人。他远离亲人来到这里，你不能说话这么不客气。你该和和气气的，让人家感觉像是在家里一样。"

多好的姑娘啊，我却听任那个老流氓去抢她们的钱财，想到这里，我感到很愧疚。

接着，苏珊下楼来，也对妹妹责备了一顿。在姐姐们的

教导下，豁嘴姑娘向我道了歉。她们都是好姑娘，我却听任那两个流氓去抢她们的钱，我心里更愧疚了。于是，我偷偷作了一个决定，无论如何我要把那笔钱给藏起来。

我把整件事仔细想了一遍，想着要么去找那位罗宾逊医生，告发这两个骗子，或者私下里告诉玛丽实情。但想想这两个办法都不太妥当，若是露出马脚，那两个骗子随时会拿了钱溜之大吉。思来想去，我觉得唯有先把那笔钱偷出来藏好，又不能让他们疑心是我偷的，然后等我离开这里，再写信告诉玛丽钱藏在哪里。

它是世界上第一个工业化的国家，工业用蒸汽机就是英国人瓦特发明的。

英国

我的地理笔记

▶ 英国

位于欧洲西部，全称大不列颠及北爱尔兰联合王国；

由英格兰、苏格兰、威尔士和北爱尔兰和一些小岛组成；

周围被北海、英吉利海峡、凯尔特海、爱尔兰海和大西洋包围；

受高纬度的影响，英国昼夜长短的变化特别明显；

神秘的巨石阵已经有几千年的历史了；

英国实行的是君主立宪制，英国王室仍是凝聚国家力量的象征。

我来到"国王"的房间，到处摸了半天，也没找到那笔钱。我只好采取偷听的办法，这时，正好"国王"和"公爵"回来了，我赶紧找个地方藏起来。"公爵"担心露馅，想趁天亮前拿着这六千金币离开，而"国王"呢，更贪心，他一定要把姐妹几个的房产和工场都拍卖了，捞更大一笔才肯罢休。他认为，镇上的傻瓜们都站在他们这一边，那位罗宾逊医生不足为惧。接着，他们担心金币被打扫房间的黑奴们拿走，便换了藏钱的位置，将那一袋金币藏在了床上的草垫子的缝隙里。这正合我的心意。他俩离开后，我就把那袋钱拿了出来，回到自己的小房间。我思考着把这袋钱放在外面什么地方好，据我判断，他们一旦发现钱丢了，一定会把整个屋子翻个底朝天的。就这样，我内心忐忑地躺在床上，根本睡不着。等夜深了，外面没了任何动静，我才溜下了梯子。

　　我顺利地来到楼下，从饭厅望过去，客厅的门是敞开的，守灵人已经睡着了，老彼得的遗体就放在那里。我走到前门的时候，发现前门上了锁，正在这时，背后楼梯上响起了脚步声。我赶紧躲进客厅里，四下里张望，发现眼下唯一能藏钱袋的地方就是那口棺材了。当时，棺材盖是移开一部分的，没全盖上。情急之下，我就将那袋金币放在了死者交叉的双手之下，然后跑到了房间的另一头，躲到了门后。

　　从楼上下来的人是玛丽，她轻轻地走过来，跪在棺材旁，用手帕掩住了脸。虽然没有声音，但我能看出她在哭。趁她不注意，我悄悄溜回了自己的房间。费了这么大劲，冒了这么大风险，事情却搞成这个样子，我心里很不满意。我想再偷偷溜下去，把钱从棺材里拿出来，但我终究没那么做。

　　到了第二天早上，我仔细观察大家的脸，没看出有什么异样，那袋钱是否还在棺材里，我也不知道。快到正午的时候，承办殡葬的人来了，当着那么多人的面，我更不敢去棺材旁一探究竟。

　　经过一系列仪式，老彼得的棺材盖终于盖上了，也顺利下葬了。而我却很着急，万一钱被人偷走了，我还能不能给玛丽写信呢？如果到时候棺材里什么都没有，她该怎么看我？弄不好，我还会被认为是小偷，被关进监牢。

| 第十八章·一场伟大的盗窃 |

傍晚时分,"国王"走访了镇子里的每家每户,到处表示感谢,并让所有人都知道,英国教堂需要他,他得回去了,因此他得赶紧拍卖掉哥哥彼得的财产,然后带三个侄女回英国。三个姑娘听说能跟叔叔去英国生活,也非常高兴,我看她们那一脸快活的样子,为她们被愚弄、被欺骗而感到心痛。

很快,"国王"就贴出告示,声明要把房屋、黑奴和其他家产都统统拍卖。到了第二天下午,有几个黑奴贩子就闻讯赶来了,"国王"将家里的黑奴卖给他们。不过,他收到的并非现金,而是三天后才能兑现的期票。其中两个黑奴孩子被卖到了大河上游的 孟菲斯 ,他们的母亲却被卖到了下游的新奥尔良,一家人就这样被生生拆散了。玛丽姐妹三个非常难过,她们做梦也没想到事情会变成这个样子,没想到黑奴会被卖到别的地方,没想到他们会与家人分散。她们和那些黑奴抱着脖子大哭,一直哭个不停。这样凄惨的景象,我实在不忍心看下去。若不是我知道这样的买卖不作数,黑奴们很快就会回来,我一定会忍不住跳出来告发这两个骗子。

周围的人也说这样拆散人家家人做得太过分,两个骗子虽有些招架不住,但还是坚持将骗局进行下去。

到了第二天拍卖的时候,"国王"才发现藏在床垫里的金币不见了,他脸色难看地找到我,问我有没有进过他的房间。我当然不能说实话,骗他说看到有个黑奴来过,他便怀疑钱是被黑奴拿走了。

"公爵"得知此事,脸色也很难看,讽刺挖苦了"国王"一番。

我假装胆小地问了一句:"是出了什么事吗?"

"国王"便恶狠狠地警告我说:"不关你的事!不许管闲事,管好你的嘴,听到了吗?"

这两个骗子嘀咕了一番,只好假装什么事都没发生,眼下先把人家的财产拍卖掉再说。然后,老骗子又拿我出气,将我骂了一通,怪我看到黑奴没及时告诉他。我呢,才不管这些呢,心里高兴死了。我把事情推到黑奴身上,黑奴们已经离开了,也不会受到什么伤害。

我的地理笔记

孟菲斯

位于美国中南部,田纳西州最大的城市,也是密西西比河的河港;

孟菲斯都会区是当地第二大都会区,人口多,而且年轻人多;

这里的国际机场也很有名,是世界第一大货运机场呢;

这里也是棉花产地和交易市场,每年5月都会举办棉花狂欢节呢。

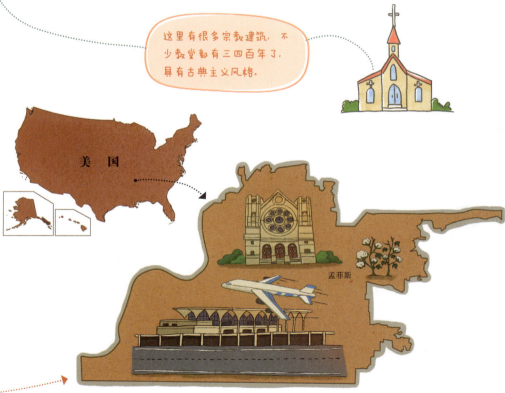

这里有很多宗教建筑,不少教堂都有三四百年了,具有古典主义风格。

美 国

孟菲斯

第十九章

说出真相

到了该动身的时候了,我看到玛丽坐在一只旧皮箱旁,一边收拾行李,一边流眼泪。看到她伤心的模样,我也十分难过,就走了过去,说:"玛丽小姐,我知道你生来见不得别人遭遇不幸,我也是。你可以跟我说说。"

果然如我所料,她在为黑奴的事伤心,一想到他们一家人从此再也不能见面,她就无法高兴起来。看她哭得那么伤心,我忍不住说:"他们会见面的,不出两个星期就会回来。"玛丽一听,激动地抱住我的脖子,要我再说一遍。

第十九章·说出真相

我发现自己说得太快太突然了,一时左右为难。但思索再三,我决定把真相说出来,虽然冒了风险,但总比撒谎好得多。我感觉自己就像坐在一桶炸药上,一点燃就不知道会把自己崩到哪儿去。

于是,我问玛丽小姐:"你能不能在离这里不远的地方找个住处,去待个三四天呢?"她说:"当然可以,去洛斯罗甫先生家就行,可是为了什么呢?"

"如果我说是为了黑奴们能在这里重新团聚,你愿意去吗?"

"当然,别说四天,去待一年我也愿意。"

有了她这句话作保证,我就放心了。我请她把房门关好,坐下来说:"请你安静坐好,要像个男子汉一样。我把真相告诉你,你得鼓足勇气,这是件不幸的事,也是叫人难以忍受的事。你的那些叔叔,根本不是你们的叔叔,他们是两个骗子,地地道道的流氓。"

听了这些话,她震惊得不得了。我接着把我如何遇到他们,他们怎样到处行骗,怎样在搭轮船的时候遇到那个年轻的傻瓜,得知她们家的一切,如何演出这一场骗局的来龙去脉都详细地告诉了她。

玛丽得知真相,气愤地说:"那个禽兽,我一分钟也等不了了,我要给他们抹柏油、粘上羽毛,把他们扔到河里去。"

我说:"那是当然。不过,他们是穷凶极恶的骗子。如果现在告发了他们,我倒是能得解救了,但是会连累一个你不知道的人,他可要遭殃了。我必须得搭救他,所以现在还不能告发他们。"

说到这里,我想到一个让我和杰姆摆脱这两个骗子的办法,那就是把他们关进监狱。玛丽表示听从我的安排,我说:"你也不用在洛斯罗甫先生家待三四天了,就到今晚九点半吧,然后让他们送你回家。如果你在十一点前到家了,就在窗台上放一支蜡烛,等到十一点钟,我没有露面,就表示我已经远走高飞了。如果不幸我没有走脱,请你到时一定要证明我的清白。"

玛丽说:"那当然,我不会让他们动你一根毫毛。"

我向她要了一张纸和一支笔,将"公爵"和"国王"在上一个镇上演出的镇名和剧名《国王的长颈鹿》写在纸上,说:"假如法院到时要弄清这两个人的底细,就让他们派人到那个镇上去,就说抓住了演出《国王的长颈鹿》的人,我相信全镇的人都会怒气冲冲地来作证的。还有,我们不妨让拍卖进行下去。反正拍卖以后,人家也不可能马上付现款,这样在付现款之前将他们抓起来,拍卖就不作数,他们也拿不到钱。黑奴们的事也一样。"

我的医学笔记

流行性腮腺炎

一种急性呼吸道传染病，是由一种叫腮腺炎病毒的病毒引起的；

这种病毒会导致人的腮腺及其他腺体发炎，脸部常肿出一个大疙瘩；

患者还会感觉到头痛，伴随呕吐、发热等症状；

病毒会从人的口或者鼻子进入，最容易患病的是5~15岁的少年儿童了；

一旦感染这种病毒，就有可能传染给别人；

不过得过这种疾病的人，就会终身免疫，再也不会得了。

玛丽听从我的安排，在没吃早饭之前就离开了。我之所以让她离开，是因为她得知真相就一定会流露出情绪，若引起两个骗子的警觉，那一切计划就泡汤了。在她离开之前，我还把那袋金币的下落写在纸上交给了她，因为我实在不好意思当面说。她实在是个有胆量的姑娘，大概是从后门溜走的，没让任何人发现。

当另两个姑娘问起她的下落时，我撒谎说她有急事去朋友家了，她们的朋友生病了。豁嘴姑娘要去告诉"叔叔"们，我说那位朋友得的是**流行性腮腺炎**，是传染病，玛丽去了，不知道会不会被传染上，若是叔叔们知道了，可能会耽误她们的英国之行。豁嘴姑娘觉得有道理，便跟"国王"说姐姐是去找能参加竞拍的人了。"国王"呢，此刻很希望姑娘们能为拍卖出一份力，根本没有怀疑。

他们在公共广场上进行拍卖，一直搞到很晚。"国王"亲自登场，站在主持拍卖的人身边，不时念上一小段《圣经》，说几句假仁假义的话。"公爵"也在旁边嘀嘀咕咕地叫，好让别人来同情他。搞到最后，一切都卖光了。"国王"那种决心把一切都拍卖掉的劲头，我可从来没见过。

就在这个时候，一艘轮船靠岸了，不一会儿就走上一群人，其中有人大叫道："如今你们有对头了，老彼得家有了两组继承的人马。你们尽可掏出钱来赌一把，押哪一方呢？"

依我看，好戏要开场了。

第二十章

骗子被拆穿了

那些人带来一位看上去很体面的老先生,还有一位年轻些的,右胳膊吊着绷带。我以为"国王"和"公爵"一定会神情紧张起来,孰料那老骗子非常镇定,他望着刚来的两个人,仿佛在哀叹世界上怎么会有这样的骗子和流氓。他这种表演可真是精彩,不少人都站在了他们这一方。

那位老先生开了口,一说话就觉得他像一个英国人,那口音是"国王"模仿不来的。他说:"我做梦也没想到会出现目前这个局面。我和我的弟弟刚遭遇了灾难,他摔坏了胳膊,行李也因为天黑错卸在上游一个镇上。我是彼得的兄弟哈维,这是威廉,他又聋又哑,如今胳膊受伤,连手势也做不了了。一两天之内,我们的行李到了,就能证明我们的身份。在此之前,我也不准备说什么。"

"国王"听了哈哈大笑:"摔坏了胳膊?丢了行李?这也太巧了吧?你们这个主意可真是妙啊!"其他的人都跟着笑起来,但有几个人没笑。一个就是罗宾逊医生,另一个是一位目光锐利的先生,他是勒维·贝尔律师,刚从上游的 路易斯维尔 回来。还有一个又高又大的壮汉子,他上前问"国王":"如果你是哈维·威尔克斯,那你是什么时候到这个镇上来的?"

"殡葬前一天的黄昏时分。""国王"回答。

"那你是怎么来的?"那人继续追问。

"搭了轮船,从辛辛那提过来的。"

"那为什么那天早上你就坐着一条木筏子在一处滩头出现了呢?"

"国王"否认了。那人骂道:"他就是个骗子,那天早上他就到那里了。我也在那里,我看到了他,还有一个

第二十章·骗子被拆穿了

我的地理笔记

路易斯维尔

位于美国肯塔基州的中北部，俄亥俄河的南岸；

也是该州最大的城市，与印第安纳州只隔着一条河；

1778年，这座城就诞生了，名字来源于法国国王路易十六；

这里早期经济以航运和货运为主，后来成为美国的医疗中心之一。

孩子。"他指的就是我。

医生接着说："新来的这两人是不是骗子还不知道，但这两个人若不是骗子，那我就是个白痴了。我有责任不让他们溜走，一直到弄清楚事情为止。来吧，咱们把这些人带到酒店里去，和那一对人进行对质。我想不用盘问到底，我们就能发现什么了。"

于是，我们都被带到酒店里，聚在一个大房间内。医生说，若是"国王"想自证身份，先把那袋金币拿出来再说，以防我们有同伙，携款逃跑。"国王"当然拿不出钱来，他说："我也但愿钱还在那里。侄女让我保管，我就放在房间的草垫子里，没想到被黑奴偷走了。他们被卖掉的时候，我还不知道钱丢了，结果都被他们带走了。"

这话听起来漏洞百出，我看没有一个人相信。接下来，他们又详细盘问我们在英国的情况。"国王"和那位老先生各自

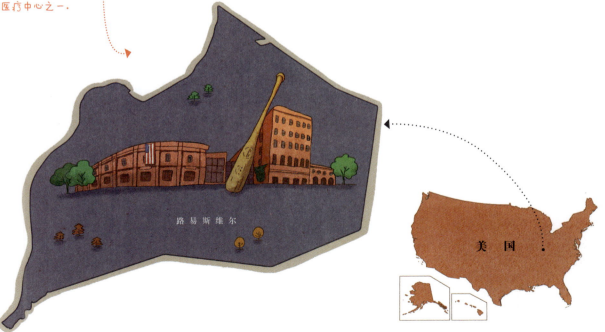

路易斯维尔

美国

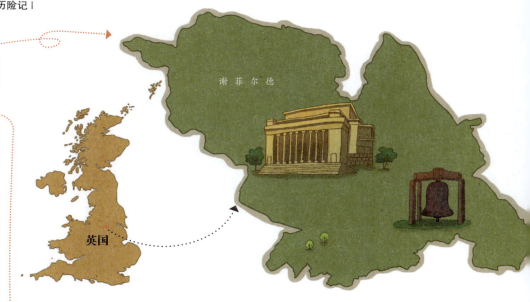

我的地理笔记

谢菲尔德

位于英国中部的一座大城市，属南约克郡；

距离首都伦敦大约170英里，车程约两小时四十分钟；

这里是很牛的长途汽车枢纽，到英国各地都有直达班车；

这里还以钢铁工业闻名于世，许多技术革新（比如不锈钢等）都是在这里诞生的；

这里还是体育之都，是古老的足球俱乐部的发源地；

斯诺克世锦赛也是在这里举办的。

讲了他们的经历，除了一些傻瓜外，我想谁都能看出老先生说的是实话，而"国王"在撒谎。我也被要求讲一讲他们在英国的事情，我只能顺嘴胡诌，讲他们在 谢菲尔德 的生活。贝尔律师对我说："坐下来吧，孩子。我要是你的话，就不费这些力气了，我看你也不是惯于撒谎的人。"

后来，他们又对了笔迹，盘问了老彼得胸前有什么样的文身。"国王"和"公爵"露出的破绽越来越多，但"国王"仍死不承认，坚称自己就是老彼得的弟弟哈维，还胡编说老彼得胸前的文身是一支小小的细细的蓝色箭头，若是不仔细看，谁也看不到。那位老先生则说哥哥胸前的文身是"p-b-w"这几个字母组合。因为谁也没注意老彼得胸前的文身，为了弄清到底谁在撒谎，贝尔律师提议去开棺验尸。

于是，大家高呼着奔向墓地，还有人喊道："要是找不到那些文身标记，就给这帮家伙全上私刑。"我被吓坏了，又无路可逃。我们被押着一路来到墓地，在路过老彼得家的房子时，真希望玛丽小姐能在，如果她在，我就能得救了。

第二十章·骗子被拆穿了

我们这一群人活像一群动物,吵吵嚷嚷地沿着河岸来到墓地。这时候,天空暗了下来,电光到处一闪一闪的,树叶被吹得哗啦啦地像在发抖,非常可怕。我简直被吓呆了,想找个机会溜走,可有个彪形大汉死死地拽住了我的手,我根本无法逃脱。

大家借着一道道电光挖开了老彼得的坟墓,打开了棺盖,赫然发现那袋金币就在他的胸膛上。人们激动得高声欢呼起来,抓着我的那个大汉也一时松开了手,我趁着这个机会逃走了。

我一路飞奔,当靠近那座房子时,借着电光我看到玛丽的身影浮现在窗口。但我没有停留,一直奔到河边,看到一条独木舟,就跳上去拼命划向我们的木筏。当登上木筏时,我大喊道:"杰姆,快出来。谢天谢地,我们摆脱他们啦!"杰姆马上跑出来,冲我张开了双臂,但这时候电光一闪,我差点被吓个半死。我一时高兴,竟忘记他之前被打扮成快要淹死的阿拉伯人那个鬼样子了。

杰姆见我平安回来,又摆脱了"国王"和"公爵",非常高兴,我们马上解开绳子让木筏向下游漂去。可是,没等我高兴一会儿,就听到了熟悉的声音。原来,那两个骗子也逃出来了,正摇着小船朝我们奔来。我一下子瘫倒在木筏上,只能听天由命了。

第二十一章

杰姆不见了

他们两个上了木筏,"国王"一把揪住我的衣领子,对我又摇又骂,怪我把他们甩下了,还扬言要把我扔进水里淹死。"公爵"实在看不下去,劝阻了他,两人又因为钱的事大吵了一架。"公爵"骂他太贪婪,认为那袋金币是他私藏起来的。"国王"骂不过他也打不过他,只好承认了,自始至终,他们没怀疑到我身上。

后来,两个骗子钻进窝棚里喝起了酒,不一会儿喝醉了便又亲热起来,最后抱在一起打起了呼噜。趁着这段时间,我把发生的一切都详细地讲给了杰姆听。

接下来的日子里,我们没在任何一个镇上停留过,只顺着大河往下游漂去。现在,我们到了气候暖和的南方,看到了大河两岸生长着长长的苔藓的树木,那些苔藓从树上垂下来,好像长长的白胡子,我生平第一次见到这样的树。

两个骗子觉得已经脱离了险境,又开始招摇撞骗。他们搞了一次戒酒演讲,没捞到什么钱;又办了个舞蹈学校,但他们对舞蹈的了解并不比一只袋鼠高明,很快就被人家轰出了镇子。他们还干过朗诵、传教、讲道、治病、催眠、算命等,样样都不行,最后穷得只能躺在木筏上,神情惨淡而绝望。

后来,这两个家伙脑袋凑在一起,两三个钟头都在窝棚里交头接耳。我和杰姆都不安起来,他们肯定是在想着什么比往常更恶毒的主意。我俩决定,一有机会就甩掉他们,绝对不能跟这种胡作非为的人混在一起。

一天清晨,我们来到一个又小又破的村子旁。"国王"上了岸,说要去打听下风声,让我们先躲起来。我心想:你肯定是看哪家好下手抢吧。等你们抢完回来,就会不见我和杰姆的踪影了,叫你们干瞪眼。

但"国王"走了很长时间也没见回来,"公爵"焦躁起来,不停地找碴,后来就带上我去村子里寻他的踪影。我们在一家酒馆里发现了他,他已经喝得醉醺醺的了,一群闲汉在拿他开玩笑。"公爵"很生气,骂他

是个老傻瓜,两人对骂起来。我趁他们闹成一团时溜出酒馆,撒腿往河边跑去。我感觉机会来了,可以摆脱他们了。

当我跑到河边,便兴奋地大叫:"杰姆,快放开木筏,我们这回可好啦!"可是,没有人回应。我到处找他,一遍遍大叫,又跑到林子里吆喝,也没看到他的踪影。最后,我终于确信,杰姆不见了。我坐下来,不由自主地哭喊着。

我知道,我不能一直坐着,我跑到大路上,正好看到一个男孩走过来,便向他打听是否见过杰姆,并描述了杰姆的形貌。他说:"见到了,就在下游的西拉斯·费尔贝斯家里,离这儿有两英里。他是个逃亡的黑奴,人家把他给抓住了。据说,悬赏二百块钱呢。"

"到底是谁抓住他的呢?"我又问。

"是一个老家伙,一个外乡人,他只要了四十块钱,就把悬赏的机会卖给别人了。"

我顿时明白了,是那个老骗子卖了杰姆。我回到木筏上,思前想后,想得头都疼了,也不知道该怎么办。在这么长的时间里,我们为那两个流氓尽心尽力,他们心肠竟这么狠,使出这样的诡计,让杰姆又成为终身的黑奴,还是在异地他乡。我想,如果杰姆注定做奴隶的话,那么在家乡也比在外地强千倍,我可以写信给汤姆·索亚,让他把杰姆的情况告诉华珍小姐。但我很快打消了这个念头,如果华珍小姐生了气,又把他卖掉怎么办,而且大家会认为杰姆是个忘恩负义的黑奴。

我心里乱到了极点,不知道该怎么办。一方面想告诉华珍小姐实情,另一方面私心里又希望杰姆得到自由。我想跪下来祈祷,但又怕瞒不过上帝。最终,我决定给华珍小姐写信。信写完了,我想到了杰姆日夜陪伴在我身边的情况,想到了我从浓雾中出来,他见到我那么高兴。他总是宠着我,照顾着我,设身处地地为我着想。他做过的每一件事,都让我没办法硬起心肠来。

第二十一章·杰姆不见了

最后，我撕了那封信，还是决定重新走原先那条邪恶的路。我打算去把杰姆救出来，把这件事干到底。第二天，我穿上一套现成的新衣服，坐上独木舟划到了对岸，来到那个男孩所说的费尔贝斯家附近。没想到，我进入镇子，却碰到了最不想看见的人，那就是"公爵"，他正在张贴演出的海报。我躲不开他，只好编了一通谎话，并求他帮我找我的黑奴杰姆。

"公爵"说的确是"国王"卖了杰姆，卖的钱除了喝酒，全被人骗光了。他警告我不许乱说话，不准告发他们，并说了一个杰姆被卖的假地址给我。我知道他撒了谎，不过幸好他放我走了。我离开他监视的视线后，便朝费尔贝斯家走去。我要想办法在这两个家伙溜走之前找到杰姆，再也不跟这帮人打交道了。他们的把戏我已经看够了，我要跟他们一刀两断。

第二十二章

意外成为"汤姆"

我找到了费尔贝斯家,那里静悄悄的,人们都到田里干活去了。他家是那种生产棉花的小农庄,两亩地一个场院,再围上一个栅栏。我绕到后面,朝厨房走去。

一只狗扑过来,朝我汪汪乱叫,紧接着,十几条狗从各个角落奔过来,将我团团围住。一个黑人妇女走出来,将狗叫了回去。

紧接着,又走出一位白人妇女,有四五十岁,身后还跟着几个孩子。她见了我,高兴得什么似的,说:"啊,你终于来啦!"然后一把抱住我,热泪盈眶地说:"你长得不像你妈妈。不过,能见到你,我真是太高兴了。来,孩子们,这是你们的表哥汤姆,跟他问声好。"

那几个孩子害羞地躲到她身后去。她将我拉进屋里,握着

第二十二章·意外成为"汤姆"

我的手说:"现在让我好好看看你。这么多年,终于见到你了。我们等你等好多天了,你是被什么事绊住了吗?轮船搁浅了吗?"

我刚回答"是的,太太",她马上打住我说:"别叫太太,叫我萨莉阿姨。船在哪儿搁浅的?"我不知道怎么回答,她又问我:"你姨父每天都去镇上接你,你在路上一定遇到过他吧,一个上了岁数的人……"

没等她说完,我就说:"我没遇到什么人。我把行李放在了码头,从后街绕过来的。"

费尔贝斯太太又问了我一堆问题,我越来越难以招架,正毫无退路时,她一把将我推到床后面,叫我藏起来。

一位老先生走进来。费尔贝斯太太问:"他来了吗?"

"没有。"老先生回答。

"天哪,他不会出什么事了吧?"

这位老先生就是费尔贝斯先生了。他显得很不安,在他无比难受的时候,费尔贝斯太太才将我拉出来。老先生惊呆了,问:"这是谁呀?"

"这是汤姆·索亚啊!"费尔贝斯太太脱口而出。

天哪,我差点没栽在地上。费尔贝斯先生一把抓住我的手,握个不停。他妻子呢,则手舞足蹈,又哭又笑。随后他们俩连珠炮似的问我汤姆·索亚一家人的情况。

大家都很高兴,但没人比我更高兴了。我感觉自己像重投了一次胎似的,终于弄明白我是谁了。对他们的问题,我一连讲了两个多钟头。

成为汤姆·索亚,我感觉既舒服又自在,直到我听到一艘轮船沿河开来的声音。万一一会儿汤姆真的来了怎么办?如果他突然进来,喊出我的名字怎么办?不行,我不能让这样的情况发生。于是,我告诉费尔贝斯夫妇,说要去镇上取行李,老先生表示要和我一起去,我坚决不让,一个人从家里出来了。

99

|哈克贝利·费恩历险记|

第二十三章

又一个汤姆出现了

于是,我赶往镇上,半路就看到一辆马车迎面而来,我猜上面坐的一定汤姆·索亚了。果然,等我叫了声"停车",车就停了,汤姆看到我,惊得张大了嘴巴,说:"我可从来没害过你,你为什么还来找我算账?"他也以为我当初被害死了。我再三告诉他,我没有死,只是捉弄了大家。他上来摸了摸我,这才放了心,并

且马上高兴起来,急于想知道我的一切。我请他把以前的事先放一放,并告诉他我冒充了他的处境。

他得知情况后,说:"这好办,你先把我的行李放到你的车上,装成是你的,慢慢往回走。我再在外面转悠一会儿,晚半个小时或一个小时再过去。"

我又告诉了他关于杰姆的事,并说我决定把杰姆救出来,好让他不再当奴隶。没想到,他一听是杰姆,眼睛一亮说:"我帮你把他救出来。"听他这样说,我倒吃了一惊,要知道有身份的人可是不会这么干的。随后,他把行李放在我的车上就走了。而我赶着车回去,因为高兴,我回去的路程更快了些,费尔贝斯先生见到我,还以为是他的马儿跑得快呢。

大约半个小时后,汤姆出现在大门口,萨莉姨妈请他进来,邀请他一起吃午餐。他一开始谎说自己来自俄亥俄州的希克斯维尔,因为要找人走错了路,接着便滔滔不绝地讲希克斯维尔的人和事,真是编到哪里就讲到哪里。说着说着,他还突然去亲了萨莉姨妈一下,这下可把萨莉姨妈惹毛了,感觉被冒犯了,气得想打他,他这才说自己是我(汤姆)的弟弟西特·索亚。

萨莉姨妈一听,跳过来叫道:"我的天哪,你这个顽皮的小坏蛋,可真会糊弄人。"然后,她和丈夫费尔贝斯先生对他又搂又亲。萨莉姨妈说该赏他个巴掌,不过他能来,他们还是非常高兴的。

午饭非常丰盛,而且全是热腾腾的食物。饭后,整整一个下午,我们都在没完没了地谈话。但没有一句是关于逃亡黑奴的,我又不敢把话题引到这上面去。吃过晚饭,一个孩子问能不能去看演出。费尔贝斯说:"不行,依我看,也演不起来了。那个逃亡的黑奴已经把演戏骗人的把戏原原本本地告诉我们了,我们决定要跟大伙公开这件事,把那两个流氓赶出镇子。"

原来如此。到了晚上,我和汤姆假装去睡觉,却悄悄溜到镇上去。一路上,他告诉我当初人们怎么认为我被谋害了、我爸爸失踪了、杰姆逃走了等一系列事。而我则跟他讲了有关那两个流氓的演出以及在木筏上漂流的经过。等我们到了镇子的中心,就看到一大群人如潮水般涌来,他们举着火把一路吼着叫着,吹起了号角。然后就看到"国王"和"公爵"已经被抓住了,他们被人用杠子抬着游街,浑身涂满了漆,粘满了羽毛,已经不成人形。这景象可真残酷,我忽然对他们恨不起来,反而有些于心不忍。一个人的良心总比五脏六腑占的地方多,汤姆也这么认为。

我们沉默了一会儿,汤姆说:"我敢打赌,杰姆就关在那里,那个灰桶旁边的小屋里。吃午饭的时候,你没看到一个黑奴端着食物进去吗?而且那个黑奴进去的时候还打开了锁,出来时又把锁锁上了。"不得不说,汤姆的脑袋的确聪明。

"既然是这样,"我说,"那我们就能很方便地把杰姆救出来,然后我再把我的独木舟和小筏子弄来,我们再像从前一样,顺着大河往下游漂去。"

但汤姆却觉着这个主意太简单了,说起来好像是抢劫了一家肥皂厂一样无趣。他一定要想一个精妙绝伦的办法,让我们的营救行动变得又惊险又刺激。

我们回到家时,屋子里黑漆漆的,四周一片寂静。我们摸到灰桶旁边的小屋,窗户上有根木条,我觉得只要把这根木条撬下来,就能让杰姆从窗户钻出来了。可汤姆又说:"这跟下五子棋一样简单,我们要弄得神秘兮兮、曲折一些才够味儿。"我们来到小屋旁边的一个木板间,里面放了一些铁锹、锄头、犁、尖镐等杂物。汤姆有了主意,他说:"我有办法了,我们挖个地道让他钻出来吧,这得需要一个星期左右的时间。"随后,我们往屋子走去,本来我们只要拉一下门闩绳子就可以了。但这不符合汤姆的胃口,他觉得不够刺激,所以他坚持要爬 **避雷针** 上去才行。但他爬了三次都失败了,还差点摔破了头。最后一次,他才终于爬了上去。

第二天天刚亮,我们就来到黑奴们住的房间。负责送饭的那个黑奴有些呆呆傻傻的,还有点迷信,他说这几天晚上总能听到奇怪的声音。他觉得一定是妖魔作祟,搞得他心神不宁、坐立不安。他去送饭的时候,没用我们费什么口舌,他就主动说带我们去看看。他用钥匙打开了小屋,屋子里太黑了,但我还是能看到,杰姆确确实实在这里。

我的物理笔记

避雷针

一种用来保护建筑和高大树木不被雷击的装置;

一般装在被保护物体的顶端,用一根导线连接地面;

当雷电袭来时,它可以将电流引入大地,这样被保护物体就不会被雷击中了;

现代避雷针是美国科学家富兰克林发明的;

他在雷雨天用一根金属风筝线捕捉了雷电,后来发明了避雷针。

第二十四章

复杂又冒险的营救计划

当杰姆看清楚是我们时，惊叫道："啊，哈克！我的天哪，这难道是汤姆少爷吗？"这跟我们预料的一样。那个黑奴听了，问道："天哪，难道你认识这两位先生。"

我和汤姆都假装什么也没听见，汤姆看杰姆的眼神，就像从来没见过他一样，并故意问道："你叫了吗？"杰姆也心领神会地回答："没有。"那个黑奴被搞迷糊了，汤姆给了他一角钱，他便去门口确认钱币的真假了。汤姆趁机低声对杰姆说："别让别人看出你认得我们。如果你晚上听到挖地的动静，那是我们，我们要帮你恢复自由。"

我们离开小屋，来到了林子里。汤姆说，我们挖地道得需要点光亮，找些烂木头，到时候可以放在黑洞洞的地方，可发出幽幽的磷光。找到一些木头后，汤姆很不满意地说："要搞出个曲折的方案，可真是太难了。连个看守都没有，杰姆的脚镣一头拴在床腿上，只要把床那么一提，脚镣就掉下来了。杰姆呢，其实只要从窗洞里爬出来就行了。唉，真是糟透了，千难万险，得有人提供才行。"

接下来，他说得做一把锯子，我问要锯子干什么，他回答要把杰姆那

这里每年的光照有300天。

我的地理笔记

朗格多克

原是法国南部的一个省，后来与旧的鲁西荣省构成朗格多克—鲁西荣区；

位于地中海沿岸，东南濒靠利翁湾（地中海西北岸海湾）；

这里气候温和，阳光普照，是天然的葡萄园；

这里是全世界面积最大的葡萄种植区，盛产各种各样的葡萄酒；

这里风景优美，也是度假天堂哟。

张床的床腿锯断，让脚镣脱下来。"你不是说只要把床往上一提就行了吗？"我不解地问。

"难道你从来没读过有关连特伦克男爵，或者卡萨诺瓦，或者本维努托·切利尼，或者亨利四世的书吗？大凡名流闻人常用的办法都是先把床锯断腿，再原样放在那里，到了晚上把床腿一踢，镣铐就出来了。然后再用绳梯钩住城垛，顺着它爬下去，你的马和忠实的部下都等在那儿接你，把你送上马扬长而去，到你的老家 **朗格多克** 或者纳伐尔，或者别的什么地方。这才叫潇洒呢。"

之后，我说什么他根本听不进去，他说得给杰姆搞一个绳梯，让他逃跑时用。再给他弄一件衬衫，让他到时在上面写下日记。可是，杰姆根本就不会写字。我们争论了半天，最后都依了他。那天上午，我们从晾衣绳上拿走了一条床单和一件衬衣，把床单做成了绳梯，一切进行得相当顺利。

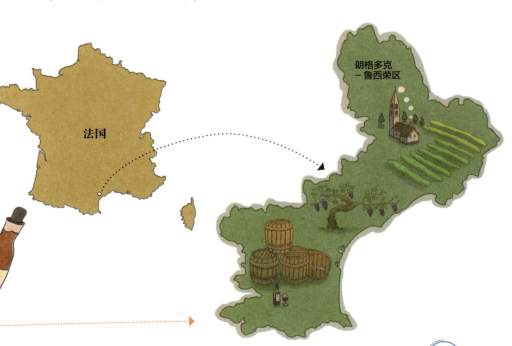

汤姆说还得搞一套挖地道的工具,我说那里不是有现成的旧铁镐之类的吗?汤姆就用看一个可怜娃娃的神情望着我说:"你听说过一个囚犯用铁锹和镐头来挖地道逃走的吗?这样,他还怎么轰轰烈烈地展现出他的英雄本色?还不如给他一把钥匙让他逃出来算了。"

"那用什么呢?"我问他。

"用几把小刀。"

"用小刀来挖小屋地基下面的地道?这也太蠢了吧,汤姆。"

"蠢不蠢有什么关系,反正就得这么办。我看书上都是这么写的,用小刀挖地道逃出来,而且挖的都是石头,挖上好多个星期,没完没了。比如,有个囚犯就是从 马赛港 迪费城堡最深一层的地牢里挖地道逃出来的,你猜他挖了多久?"

我摇摇头说:"不知道。"

"三十七年,他逃出来时发现到了中国。这才是好汉,我真希望我们这座地牢下面都是石头。"汤姆说。

"杰姆在中国可不认识什么人。如果杰姆用小刀挖地道才能逃出来,他年纪太大了,可活不了那么久。"

"嗯,我们不能用那么长时间。而且西拉斯姨父很快就能从新奥尔良得到下游的消息,他会知道杰姆不是从那里出来的,便会再次登广告让人把杰姆领回去。我们得马上挖,尽快挖。不妨就当成我们已经挖了三十七年,一旦有紧急情况,就把他拖出来送走。"

"嗯,这还差不多,"我说,"这样的话我可以当成已经挖了一百五十年。我这就去弄两把刀子来。"

汤姆却要弄三把,其中一把做成锯子。我说熏肉房后面有一根生了锈的锯子。他说:"哈克,要想教你点东西可真费劲。"没办法,我只好照他的吩咐办了。

那天晚上,等大家都睡熟了,我们便顺着避雷针爬到那个木板间,动手干起来。我们把墙根清出一块空地,那个位置连接的正是杰姆的床铺,等挖通了也不会有人发现,因为杰姆的被单快垂到地上了,会遮住地洞。我们用小刀挖啊挖啊,一直挖到半夜,累得要死,双手都起了泡,但几乎没什么进展。最后,我说:"汤姆,这可不是三十七年能干完的,得要三十八年才能完工。"

汤姆思索了半天,也终于说这样干不行,他决定还是用镐头挖,就当是用小刀挖的。"你这才像句话,"我说,"我要偷一个黑奴或者偷一个西瓜,全不在意是怎么偷的,如果镐头最容易弄到手,我便用它来偷我的黑奴,或者那个西瓜。至于那些赫赫有名的人物怎么看,我才不管呢。"

> **我的地理笔记**
>
> **马赛港**
>
> 法国大都市,也是法国最大的海港;
>
> 位于地中海北岸,在两大城市巴黎和里昂之间,距离巴黎仅800多千米;
>
> 三面都是山丘,景色秀美,气候宜人;
>
> 这里水又深,港又宽,能容万吨级的轮船畅通无阻地穿过呢;

> 每年货运量达1亿吨,是法国对外贸易最大的门户;
>
> 此外,这里也是法国旅游胜地。

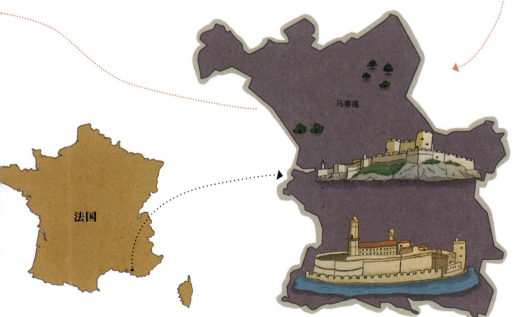

但汤姆不认同,他认为即使用镐头也要当成是小刀。他就是这么特别,一脑子原则。我们用尖嘴镐和铁锹挖起来。半个小时后,终于挖出个洞的模样。

第二天,汤姆和我又偷了一只调羹、一座铜烛台、六支蜡烛和三只洋铁盘子,这些都是为了我们那伟大而复杂的营救计划。汤姆说洋铁盘子不够用,计划中杰姆要扔这种盘子。我说没关系,杰姆把盘子扔到窗洞下面的野茴香和曼陀罗草丛里,我们可以去捡回来再给他用,反正也没人看见。

当天晚上,我们继续挖洞,大约又挖了两个半钟头,终于大功告成了。我们顺着洞爬到杰姆的小屋,杰姆还在睡觉。他醒来后见到我们,激动得要哭出来,让我们马上用錾子打开脚镣,好马上逃出去。但汤姆说这样不合规矩,他给杰姆详细地讲了我们的计划,教他如何在衬衫上用血写下日记,等等。杰姆听得莫名其妙,但还是同意按照汤姆的话去做。

接下来,我们骗过了那个傻黑奴,将一截铜烛台给杰姆送了进去。我们还在垃圾堆里找到只旧洗碗盆,用它来烘饼子。为此,我们偷了一盆面粉。

那天吃早饭的时候,萨莉姨妈气呼呼地问西拉斯姨父,他那件衬衫哪里去了。夫妻俩因为丢失的衬衫和调羹、蜡烛等吵了一架,萨莉姨妈认为是丈夫搞丢了衬衫,但西拉斯姨父坚决说自己也不知道怎么回事。这时候,一个女黑奴进来汇报说,一条床单不见了。

"我的天哪!"萨莉姨妈叫道。

"我今天就去把耗子洞堵死。"西拉斯姨父苦着脸说。

"你给我闭嘴,你觉得耗子能把床单叼走吗?一条床单、一件衬衫、一把调羹,还有六根蜡烛……"萨莉姨妈非常恼火。

我的生物笔记

曼陀罗

一种一年生的草本植物,木质茎,而且比较直立;

喜欢温暖、向阳的砂质土壤,常生长在荒地、林边或向阳山坡等地方;

花很漂亮,具有观赏价值;

是全身都有毒的植物,误吃了花、种子、叶子等都会中毒,严重者会出现昏迷或死亡;

具有致幻和麻醉作用,可用来制作麻醉剂,还能用来治疗风湿、止咳镇痛呢。

正在说着，一个丫头又来汇报说："太太，一只铜烛台不见了。"

"给我滚，要不我可要骂你们一顿啦。"萨莉姨妈简直火冒三丈，我想找个机会溜出去，但她的火一直发个没完，人人都缩着脑袋，不敢吭声。而西拉斯姨父呢，傻乎乎地从自己口袋里摸出一把调羹来，这是汤姆之前放进去的。

萨莉姨妈怒气未消，说道："我就知道是这样。别的东西也在你手里吧，调羹是怎么到你口袋去的？"西拉斯姨父解释不清，萨莉姨妈就把我们都赶出去了。

西拉斯姨父是个老好人，为了帮他，我们去地窖里把耗子洞堵上了，我们足足干了一个钟头，因为耗子洞实在是太多了。汤姆费尽周折，又在萨莉姨妈那儿偷了一把调羹。当天晚上，我们还把床单放回晾衣绳上，另在衣柜里偷了一条。就这样偷偷放放，最后连萨莉姨妈都搞不清自己到底有几条床单了。

好多需要的东西都搞到手了，但做馅饼却费了九牛二虎之力，汤姆说要把绳梯放进馅饼里。我们整整用了三盆面粉，烤得眼睛都快被熏瞎了，才勉强成功。烘馅饼我们用的是西拉斯姨父的一把铜暖炉，据说这个暖炉是从 英格兰 带来的，是个古董。

当我们把馅饼放进给杰姆装食物的锅里时，送饭的黑奴根本就没注意，我们还把三只白铁盘子放在锅下面，杰姆也顺利拿到了手。他也按照汤姆的吩咐，在白铁盘子下面刻了记号，并从窗洞扔了出去。

接下来，做笔和做锯子可真是太难了，而且在墙上刻字对杰姆来说，更是苦上加苦。但汤姆说必须要有字迹才行，历史上那些重要囚犯在越狱时都会留下字迹和印章。为此，他给杰姆准备了不少留言，诸如"一颗被幽囚的心在这里破碎了"，"一个不幸的囚犯，遭到了人世间的背弃，熬过了他悲苦的一生"等。因为杰姆不会写字，汤姆便替他画了个样子，让他照着描画。而且他还说，这些字刻在木头墙上可不好，得弄一块石头来，刻在石头上。

西拉斯姨父家的锯木厂有一块大磨刀石，汤姆决定将它偷过来。他说："我们把这块磨刀石弄来，既可以在上面刻字，还能用它来磨笔和磨锯子。"这些天，我的双手早就被磨起了泡，一直没消过。

偷磨刀石倒是很顺利，但在往家滚的路上，我们真的使出

我的地理笔记

英格兰

英国的主体，习惯上也泛指英国；

位于大不列颠岛的东南部，苏格兰以南，威尔士以东；

是英国面积最大、人口最多，也是经济最发达的一部分；

著名城市有伦敦、伯明翰、曼彻斯特、利物浦等；

这里还有剑桥大学、牛津大学等世界一流的老牌高等学府；

这里诞生了世界上最多的诺贝尔奖获得者。

足球是这里最受欢迎的运动项目了，一年有8个月都有正式的足球比赛呢。

了全力，最后差点被石头压扁了。滚到半路，我们就筋疲力尽，再也弄不动了。没办法，我们只好去找杰姆帮忙。杰姆呢，把床一提，就将脚镣从床腿脱了下来，然后爬出洞，很轻松地帮我们把石头弄进了小屋。据我所知，杰姆无论做什么事，都能做得很好。

刻字的石头有了，汤姆又动了歪脑筋，他觉得杰姆一个人待在小屋里太寂寞，得养些蜘蛛、响尾蛇、耗子等小动物。杰姆得用音乐来驯服这些小动物，哄它们开心。这都是囚犯们的惯例。他还想再给杰姆弄一株像猫尾巴的大毛蕊花，让杰姆栽在角落里。杰姆发起了牢骚，他说又要栽花，又要给耗子吹口琴，又要对蛇献殷勤，除此之外，还得磨笔、题词、写日记等，没有哪个囚犯比他更难了。

这下汤姆也发火了，说杰姆有了一个比任何囚徒都能名扬天下的好机会，却不知好歹，白白错过。杰姆急忙赔礼道歉，我和汤姆才回屋睡觉去了。

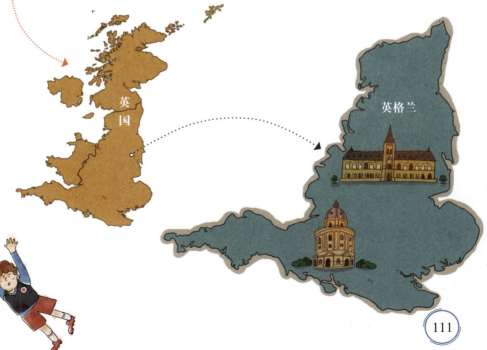

第二十五章

最终的大营救

接下来,我们去捉了耗子和蛇,还有蜘蛛、屎壳郎、毛毛虫、癞蛤蟆等。但没想到,捉的十几只耗子和三十多条蛇都溜了出来,把家里搞得鸡飞狗跳。

我们折腾了三个星期,才勉强完成汤姆的计划。笔和锯子磨好了,血书写了,题词也刻了,床腿也被锯成了两截。我们还吃了木屑,结果肚子痛得以为要送了命。而这时候,西拉斯姨父因为没收到有逃跑黑奴的回信,决定重新在圣路易和新奥尔良登招领杰姆的广告。

这个消息让我们吓了一跳。汤姆决定写一封匿名信,警告他们。

"我们为什么要警告他们?让他们自己发现不好吗?"我不解地问。

汤姆说:"如果不给他们提个醒,靠他们自己什么也发现不了。那我们之前就白吃了那么多苦,这场越狱也变得平淡无奇了。"

汤姆先后写了两封匿名信塞到门口,一封说将有灾祸临头,一封又说将有印第安杀人犯来抢被抓的黑奴。我们还画了蘸血的骷髅画和棺材画贴在大门上,结果家里人都被吓到了,个个魂飞魄散。

到了那天晚上,我们溜进地窖,为逃亡准备了很多食物。十一点左右,汤姆穿上萨莉姨妈的衣服,假扮成杰姆的妈妈，先去了杰姆那里。而我准备再去拿黄油时，却被萨莉姨妈撞见，她命我到房间里待着。那里已聚集了一大群人，而且个个带了枪。我感觉大事不妙，好不容易才脱了身，飞一般赶到汤姆身边，告诉他我们得马上逃。

这时，外面已传来脚步声，有人说道："他们一进来，就杀死他们。"他们进了小屋，但屋里很黑，我们就在他们眼皮子底下带着杰姆爬到床下，从洞口爬到了隔壁。等我们轻手轻脚地出了门，来到栅栏边，汤姆的裤子却被栅栏上的木片挂住了，他用力一扯，木片啪的一声断了。随后，有人叫道："是谁？答话，不然开枪了！"

我们没有应声，只是拔腿就跑。他们在后面追上来，子弹砰砰砰地在我们周边飞过，还有人喊道："他们往河边跑啦，伙计们，追啊，把狗放出来！"

他们在后面穷追不舍，等他们追得近了，我们就钻进矮树丛里，让他们从身边冲过去。这时，一群狗也被放了出来，汪汪直叫。但毕竟是自家狗，它们看到我们，打个招呼便冲过去了。我们顺利来到河边，登上了我们的木筏。这时，河岸上人喊狗叫，简直乱成一团，到后来声音渐渐远了。

一跨上木筏，我就对杰姆说："你成为自由人啦，我敢打赌，你不会成为奴隶啦。"

杰姆也说："哈克，这回干得真漂亮！"

但没料到，汤姆腿上中枪了，而且伤得很重。他自己却很高兴，让我们赶紧划桨离开这里。可是，我和杰姆坚决要找医生来，否则不走。

我到了村里，找到一位慈祥的老医生，告诉他我和兄弟到西班牙岛上钓鱼，他半夜做梦踢到了枪，不料枪走火打中了他的腿，请他去诊治一下。医生虽然有些怀疑，但还是拿上药箱跟我出发了。他到了河边，觉得独木舟太小，不能载两个人。我告诉他木筏的位置，他就自己划着独木舟去找汤姆了。

我在树林里睡了一觉，醒来后医生还没回来，便急忙跑到他家，人家说出急诊未归。我料想汤姆的伤情不好，必须马上回去才行。可谁料，我刚转个弯,就撞在了西拉斯姨父身上。

我只好撒了个谎,说我和西特去追逃跑的黑奴了,而西特此刻去了邮局探听消息。于是,我们到邮局等汤姆,自然是等不到的。最后,西拉斯姨父说姨妈非常担忧我们,不由分说将我带回了家。萨莉姨妈见了我,高兴得又哭又笑,还说等西特回来要打他一顿。

家里人很多,他们正七嘴八舌地讨论杰姆逃走一事。一位老太太说杰姆一定是疯了,在磨刀石上刻了那么多胡言乱语,

这里地跨赤道,高温少雨,一大半地区全年都非常炎热。

非洲

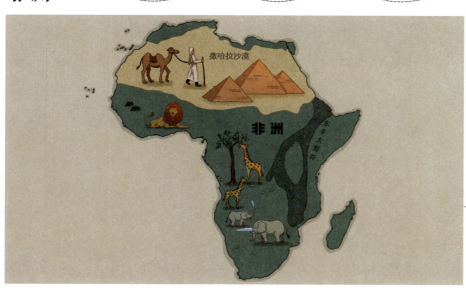

我的地理笔记

▶ 非洲

全称阿非利加洲;

面积大概占全球陆地面积的五分之一,是世界第二大洲;

非洲高原居多,一半以上的陆地都被高原覆盖,所以被称为"高原大陆";

位于北非的撒哈拉沙漠是世界上最大的沙漠,东非大裂谷则是世界上最长的裂谷,而尼罗河则是世界上最长的河流;

这里野生动物非常有名,有斑马、羚羊、长颈鹿等,不仅数量多,品种也多;

这里也是古文明的发源地之一,其中古埃及是四大文明古国之一。

什么三十七年，什么路易的私生子之类的，他们根本看不懂。还有床单做成的绳梯、小刀磨成的锯子、锯断了的床腿，这得需要多少人干多少天才能完成啊？还有一个人说："真是活见鬼，看看那件衬衫吧，上面用血密密麻麻写满了神秘的非洲字母，肯定得有一木筏子黑奴夜夜都在干这个。"至于是谁帮杰姆干了那么多稀奇古怪的事，杰姆又是怎么在十几个人、二十多条狗的眼皮底下逃走的，他们始终想不明白，最后只能归结于妖魔作怪。

最后，大家都散了，萨莉姨妈见汤姆还没回来，又开始担忧起来。西拉斯姨父出去找到很晚，也没有找到。萨莉姨妈更加不安了。我上楼睡觉，她跟上来，像母亲一样替我掖好被子。我感到非常羞愧，不敢正眼看她的脸。她临走的时候，用温柔的目光望着我说："门不锁了，汤姆。不过你会乖乖的，对吧？看在我的分上，你不会走吧。"

天知道我多么想去见汤姆。夜里，我两次绕到前门，看到萨莉姨妈守着蜡烛，望着大路，眼睛里含着泪水。我想为她做点什么，但我什么也做不了，只有暗暗发誓以后再也不做让她伤心的事了。

第二十六章

杰姆获得了自由

第二天早上,西拉斯姨父又到镇上去了一趟,也没找到汤姆的踪影。早饭桌上,他和萨莉姨妈都神色凄凉,一句话也不说。后来,西拉斯姨父从口袋里掏出一封信来,是萨莉姨妈的姐姐葆莉姨妈从圣彼得堡寄来的。但萨莉姨妈还没顾上看信,就一下子扔掉跑了出去。因为汤姆回来了,正躺在担架上,一同回来的还有杰姆和那个老医生。

萨莉姨妈哭着扑向汤姆:"他死啦,他死啦,我知道他死啦。"这时,汤姆微微转过头,口中喃喃有词,已经神志不清了。萨莉姨妈一看,举起双手说:"他还活着呢,谢天谢地。"于是,她飞奔进屋里,把床铺铺好,吩咐仆人们干这干那。

我跑在人群后面,看他们怎么对待杰姆。

大家都怒气冲冲,有的说要绞死他,有的不停地咒骂他,还时不时打他一个巴掌。但杰姆一声没吭,还假装不认识我。这时,老医生说:"别对他太过分了,他不是个坏黑奴。我看到这个孩子的时候,情况很糟糕,必须要有一个助手帮我,才能把子弹取出来。在我束手无策的时候,是他跳出来主动帮忙的。而且,

第二十六章 · 杰姆获得了自由

他做得非常出色。他跟我一直守在那里，一直到今天早上。我从来没见过这么善良又忠心的黑奴，他甘愿冒着丧失自由的危险，也要这么做。像这样一个黑奴，值得好好对待他。"

听了医生的话，大家态度缓和下来，不再责骂他了。不过，杰姆还是被锁在小屋里，只给水和面包。我想，等有机会我要把老医生的话告诉萨莉姨妈。

第二天，汤姆的伤势大大好转了。我偷偷溜进病房，想等他醒来，好编一个圆满的故事给大家听。不过，他睡得正香。过了一会儿，萨莉姨妈也进来了，我们一起守在他身边。后来，汤姆终于醒了。

他睁开眼睛，第一句话便是："我怎么在家里啊？木筏子呢？"

我说："很好。"

他又问："杰姆呢？"

我说："也很好。"

"那太精彩了，我们都平安无事了！你跟姨妈讲过了吗？"

我什么都没讲过，他就告诉萨莉姨妈，是我们把逃亡的黑奴放走了，让他恢复了自由。

萨莉姨妈被弄糊涂了，以为他还神志不清。汤姆说："我现在很清醒，的确是我和汤姆把他放走了。我们是有计划干的，干得非常好，非常妙。"

他打开了话匣子，将我们这几个星期偷床单、偷衬衫、做锯子、写匿名信、挖地洞等事情全都一股脑倒出来。萨莉姨妈呢，眼睛越瞪越大："我的老天爷呀，原来是你们这两个小坏蛋掀起了这场祸害，害得大家颠三倒四，害得我们差点吓死。我真恨不得现在就揍你一顿。你想想看，我是怎样一个晚上又一个晚上地等你啊。"

汤姆却既高兴又得意，仍是说个没完，萨莉姨妈被气得火冒三丈，不停插嘴。两人谁也不肯罢休，活像野猫在打架。不过，当汤姆得知杰姆并没有跑掉，又被关了起来时大叫："他们没权力关他，快把他放了。他不是个奴隶，

他跟其他人一样自由啊！"

原来，在两个月前，华珍小姐去世了，她为自己曾打算卖掉杰姆而愧疚，临死前在遗嘱里宣布了杰姆的自由。

"天哪，你既然知道他已经自由了，为什么还要放他逃走呢？"萨莉姨妈惊问。

"这个我必须承认，我只是想借此过一把冒险的瘾而已。"

他还要说下去，却发现他的葆莉姨妈竟出现在门口。萨莉姨妈激动地扑过去，而我则吓得躲在了床底下。葆莉姨妈在圣彼得堡接到萨莉姨妈的信，信里说西特也来了这里，非常奇怪，几次寄信又没有回音（实际上来信都被汤姆藏起来了），只好亲自来了。她的到来，让我和汤姆的真实身份也瞒不住了。

萨莉姨妈和西拉斯姨父都被搞晕了。尤其是西拉斯姨父，他得知实情后，像个喝醉的人一样，一整天都晕晕乎乎的。那天晚上，他布了一次道，但这次布道就连最年长的人也不知道他说了什么。

葆莉姨妈证实了汤姆的话，杰姆的确早已获得了人身自由。我们赶紧卸掉他身上的枷锁，将他放了出来，而大家得知他是如何尽心照顾汤姆的情况后，都大大表扬了他一番，好好地安顿了他。而汤姆呢，则给了杰姆40块大洋，以感谢他耐心当这么长时间的囚犯。

接下来，汤姆又有了新计划，他想要我们三个趁某个晚上溜之大吉，到一个印第安人的领地去，在那里待上两三个星期，再来一场轰轰烈烈的历险。而这正合我的心意。

而且，汤姆还告诉我，我的钱并没有被爸爸领走，还好好地放在法官那儿呢。很快，汤姆的身体就康复了，我为此万分高兴。不过，我要先大家一步到那个领地去了。因为萨莉姨妈说要认领我做儿子，教我文明规矩。这我可受不了，我已经领教一回了。

再见，你们真诚的朋友哈克

第二十六章 · 杰姆获得了自由

编辑统筹：尚青云简·张艳
文字撰写：柚芽图文设计工作室
装帧设计：丁运哲
美术编辑：尚青云简·玉琳儿
插图绘制：简爱插画工作室